U0720806

Drama Title:

然后，活下去

我活着，就像一个全年都在跳楼大甩卖的丧店。

写小说，要写两件事。

一，不能真的去做的事。

二，已经无可挽回、发生了的事。

你举目四望，满心痛悔，你可以在文字里重新来过。

（日）坂元裕二 ＝ 著

蕾　　克 ＝ 译

Drama Title:

然后，活下去

GUANGXI NORMAL UNIVERSITY PRESS

广西师范大学出版社

· 桂林 ·

また　こ　こ　か

图书在版编目（CIP）数据

然后，活下去 /（日）坂元裕二著；蕾克译.--桂林：
广西师范大学出版社，2023.5
ISBN 978-7-5598-5927-3

Ⅰ.①然… Ⅱ.①坂… ②蕾… Ⅲ.①长篇小说－日本－现代
Ⅳ.①I313.45

中国国家版本馆CIP数据核字（2023）第048810号

MATA KOKOKA by Yuji Sakamoto
Copyright © 2018 Yuji Sakamoto
All rights reserved.
Original Japanese edition published by Little More Co., Ltd.
Simplified Chinese translation copyright © 2023 by Folio (Beijing) Culture &
Media Co., Ltd.
This Simplified Chinese edition published by arrangement with Little More
Co., Ltd., Tokyo, through HonnoKizuna, Inc., Tokyo, and Pace Agency Ltd.

著作权合同登记号桂图登字：20-2023-010 号

RANHOU HUOXIAQU
然后，活下去

作　　者：（日）坂元裕二
译　　者：蕾　克
责任编辑：彭　琳
特约编辑：徐　露　徐子淇　赵雪雨
装帧设计：汐　和　at compus studio
内文制作：陆　靓

广西师范大学出版社出版发行

　广西桂林市五里店路 9 号　邮政编码：541004
　网址：www.bbtpress.com
出版人：黄轩庄
全国新华书店经销
发行热线：010-64284815
北京华联印刷有限公司印刷
开本：787mm×1092mm　1/32
印张：6　　　　字数：80千字
2023年5月第1版　2023年5月第1次印刷
ISBN 978-7-5598-5927-3
定价：49.00元

如发现印装质量问题，影响阅读，请与出版社发行部门联系调换。

登场人物：

近杉祐太郎，25 岁，加油站店长

根森真人，42 岁，小说作家

宝居鸣美，31 岁，加油站小时工

示野香夜子，25 岁，护士

夏季的一个黄昏，离东京夏日乐园最近的加油站休息室内。

舞台深处有一个进出口，可以想到外面是加油区。

室内有收银机。后面应该连着小厨房。

可以看到供客人休息的桌椅、沙发，洗手间的门，以及通向二层的楼梯。

墙上贴着洗车收费明细表和机油销售宣传单。

电扇在转，人工擦洗车价格表的一角没贴牢，随风向上翻卷。

便携汽油桶倒在地板上，没人收拾。

身着加油站工作服的宝居鸣美（31岁）手里转着指尖陀螺，走下楼梯，跨过横倒在地的汽油桶，在椅子上坐下，双脚搭上另一把椅子，懒洋洋地继续转着指尖陀螺。

身穿加油站工作服的近杉祐太郎（25岁）从外面走进来，脖子上挂着一条肮脏的毛巾。之后，他会一直系着这条毛巾不离身。

他抱着一个洗衣篮，里面装着大量洗好的毛巾。桌子被宝居占去了，他只好先把洗衣篮放在柜台上。扶正汽油桶，放好。

发现墙上的价格表没贴牢，关掉电扇，用图钉钉好。

然后一边叠着毛巾，一边开了口。

近 杉　这种新毛巾，都洗了三遍了，为什么还是不吸水……"啊连新毛巾都不吸水了"，你听，像不像 Aiko[1] 的歌词？这世上不会有防水毛巾吧。都防水了还怎么当毛巾，

1　原名柳井爱子，日本流行音乐女歌手。

就跟一下雨就湿透的雨伞似的。

宝　居　店长，你一个人在嘟囔什么？

近　杉　宝居，我在和你说话呢。

　　　　宝居不搭理他，独自旋转着指尖陀螺。

近　杉　不好意思，我刚才交代给你活儿了吧。

宝　居　（不耐烦地长出一口气）好吧。

　　　　宝居站起身，把两个颜色不同的汽油
桶并列放好，拧开盖子，插进吸油手泵，
捏动气囊，把一个桶里的汽油移进另一个
桶里。

　　　　吸油管上似乎有洞，一股汽油咻地飞
出很远。

　　　　宝居先停住手，看了一下，接着继续
捏气囊。一股汽油咻地又飞了出去。

　　　　近杉一脸错愕，没说话，只看着宝居
干活。

　　　　宝居继续捏气囊，汽油咻，咻，咻。

近　杉　（受不了了）洞！吸油管上有个小洞吧！

　　　　宝居不知道听见没有，反正手没停。

近　杉　我认为吸油管上有个洞！管子上，有个洞！

　　　　宝居捏着气囊，一股汽油高高飞起。

宝　居　（仔细观察吸油管）好像上面有个小洞。
近　杉　（像在说"我刚才就说了啊"似的点头）

　　　　宝居一副"这什么破玩意儿"的表情，把吸油泵扔到一边，坐回椅子上，双脚架上另一把椅子，开始旋转指尖陀螺。
　　　　近杉一脸"怎么这样"的表情，没办法，只好拿起毛巾去擦地板上的汽油。

宝　居　我已经想好了，今天要悠悠闲闲地待着。
近　杉　哦……

　　　　　　　　　　　　　　　　　然后，活下去

宝　居　首先，这个星期都要悠悠闲闲的。

近　杉　哦……哦，可是……

宝　居　今年一整年，我都打算过得悠悠闲闲的。今年我要逛遍地方特色商品展，慢慢看个够。

近　杉　什么地方的特色商品展？

宝　居　去了才知道。所以，我不是现在即兴悠闲，是早就想好了的。

近　杉　还没到关门时间呢，还有客人上门的。

宝　居　（露出"这人真扫兴"的表情，改小声说）有客人来我自然会去干活，还用你说。

近　杉　（抱歉地点头）

近杉擦完地板。

近　杉　肚子有点儿饿了吧。

宝　居　（看看近杉，好像在问"谁的肚子"）

近　杉　我在和你说话。这屋里就我们俩，我开口，就是在找你说话。

宝　居　哦，我以前见过一个房里五个人，全员自言自语。

近　杉　……（自言自语）真有点儿饿了。

近杉打开冰箱找吃的，发现一袋小杯果冻。拿起一小杯，揭掉封盖，正要放进嘴里。

宝　居　店长，不能吃。

近　杉　啊？这是你的？

宝　居　这不是给人吃的，是喂天牛的。

近　杉　天牛。哦，哦？是饲料？

宝　居　人吃了要坏肚子的。

近　杉　真的吗？这么厉害啊，厉害厉害。

近杉说着，打算把果冻放回冰箱，又停下手，死盯着果冻。

宝居默不作声地转着指尖陀螺。

近杉用指尖戳了戳果冻，猛地捏牢，一口气撕开盖子，吸进嘴里。

紧接着吃了第二个、第三个。

就在这时，根森真人（42岁）从门口走进来。他穿一件绿色西装上衣，系着殷红领带。

近杉慌忙咽下果冻，把空杯塞进了衣袋中。

近　杉　欢迎光临……

可是根森立刻返身折了出去。

近杉正纳闷，根森拽着示野香夜子（25岁），再次走进来，催促示野坐到沙发上。示野一脸的没好气。

根　森　坐下，坐下。对，就这样，坐好了。

示野不情愿地坐了下来。

根　森　（环视店内）这一带真没意思，毫无风景可谈。

近　杉　（看着根森）……

　　　　　　根森注意到近杉的视线，愣了一下。

根　森　抱歉抱歉，哦，我想……

近　杉　好的。（示意外面的加油区）

根　森　我不是……

近　杉　啊？（不解地来回指室外、室内、室外）

根　森　啊，不是不是不是。

近　杉　那您？

根　森　我不是来加油的。

近　杉　哦，好吧。哦？那您？

宝　居　你有什么事？

根　森　（看向宝居）啊，对不起，那什么，我，
　　　　我姓根森……

近　杉　根森先生。

根　森　是。那什么……

宝　居　（面对根森）你是东京无线[1]开出租的吧。

根　森　什么？

1　东京无线协同组织，多家出租车加盟的联合组织，车身漆成绿色加
　　黄条纹，司机穿绿色西装上衣，配股红色条纹领带。

宝居指指根森的衣服，示意"你这衣
服是制服吧"。

宝　居　肯定是东京无线的。

近　杉　啊……

根　森　（看看自己的上衣）我不是!

宝　居　连领带都像。

根　森　都是我从米兰买的!

宝　居　就说你今天和多少人擦肩而过了吧。如果
　　　　让他们表决，米兰时装肯定是少数派，大
　　　　多数人都会想，这人是正在午休的东京无
　　　　线司机。

根　森　随便他们怎么想，我喜欢，我为了自己才
　　　　这么穿的。

宝　居　是这样啊，那挺好的。

根　森　……（和近杉对上视线）嗯?

近　杉　为了自己，那挺好的。

根　森　嗯?

近　杉　嗯?

根　森　嗯?

　　　　示野猛地站起身，想走出去。

　　　　根森追上，抓住示野的胳膊，把她拽
　　回来。

根　森　给我坐好了。

　　　　根森不小心踢倒了汽油桶，慌忙地
　　摆正。

根　森　啊，不好意思，是这样的，我说到哪儿
　　了? 哦，这个加油站的店长，哦，近杉，
　　近杉祐太郎先生在吗?

近　杉　我就是。

根　森　哦，就是你啊。哦，近杉君，你好。我，
　　我是你哥。我，我相当于你哥。

近　杉　哥? 相当于我哥?

根　森　是的。我姓根森。初次见面，弟弟。

近　杉　（一头雾水）你好，哥。

根　森　啊，你知道我是你哥？

近　杉　（歪头表示不解）

根　森　我是你父亲的……（忽然感到可笑，似笑非笑地说）你刚才稀里糊涂地就认了哥？

近　杉　对不起。

根　森　没关系，没关系。是我不好，那什么，哦……你父亲，名叫近杉静男，对吧。我是静男先生的……

　　　　　　宝居推来一台手推车，准备搬运汽油桶。

根　森　（慌忙躲开）不好意思……

　　　　　　根森自然而然地坐到椅子上，近杉也坐下。

根　森　你母亲，哦，和他一起之前，就是你出生之前，他之前的那个家庭……的儿子？嗯，就是我。我是他之前的，那个孩子。

你懂我意思吧？

近　杉　（歪头表示费解）

根　森　换个不太恰当的说法，我们是异母兄弟？
　　　　一个是哥哥，一个是弟弟。大概就是这个
　　　　意思。

近　杉　啊……啊！啊！啊！

根　森　是的。你懂了吧！

近　杉　你是写书的？

根　森　对对。我们这种人通常被称为作家。我是
　　　　写小说的。哦…… 我根森，是从东京来
　　　　的。

近　杉　哦。哦。（轻拍了一下手）

根　森　对对。抱歉，我刚才说到哪儿了……

近　杉　这里就是东京。

根　森　嗯？哦，这儿是秋留野市[1]？（指向远方）
　　　　东京夏日乐园？

近　杉　对，离这儿很近。

根　森　确实没出东京。我从东京来到了东京。所

1　位于东京西部，距离东京市中心约四五十公里。面积约七十三平方
公里，人口约八万。

　　　　　　　　　　　　　　　　然后，活下去

以，我，就是你哥。

近　杉　我在照片上见过你。

根　森　照片？啊，我的照片？书上看到的？

近　杉　夜总会那张。

根　森　哦？哦，知道了知道了。杂志登过。

近　杉　（指着根森）你坐在夜总会里，这样子（指
　　　　着衣服），衣服撩到这儿。

根　森　是是是。

近　杉　（指指身体两侧）两个女的拿着筷子……

根　森　乳头。用筷子夹我的乳头。好好好，是我
　　　　不对，深刻反省。是这样的，我今天来找
　　　　你，那个父亲呢，离开我家已经二十五年
　　　　了，听说你这边的母亲已经去世了。哦，
　　　　我那边也一样。这二十五年来我没见过那
　　　　个父亲……你最近见过他吗？你最近见过
　　　　我父……你父亲吗？

近　杉　嗯？

根　森　你最近和他见面了吗？

近　杉　宝居，火腿肠什么时候臭的？

宝　居　前天。

近　杉　前天我见了父亲。

根　森　这么说，你知道他现在的病况……

近　杉　宝居，账单上粘着鼻涕痂是哪天来着？

宝　居　星期五。

近　杉　对不起，我星期五去的。

　　　　　　根森面露疑色，拿出随身带来的矿泉
　　　　水瓶子，想喝却发现是空瓶，只好放下。

近　杉　（看见瓶中没有水，迟疑了一下）……

根　森　也罢。我今天来，是想谈谈那个人的，哦，
　　　　你父亲的病情……

近　杉　不好意思。（想站起身）

根　森　你干什么？

近　杉　你要喝点什么吗，饮料？

根　森　饮料？现在？不用了谢谢。说到哪儿了，
　　　　父亲现在住院了，对吧。

近　杉　（保持着从椅子上半浮起屁股、尚未站直
　　　　的姿势）对。

根　森　秋留野综合医院。

　　　　　　　　　　　　　　　然后，活下去

近　杉　（保持着从椅子上半浮起屁股、尚未站直的姿势）对。

根　森　（察觉到近杉的怪异姿势）前几天，我也去过那家医院几次。

近　杉　（保持着从椅子上半浮起屁股、尚未站直的姿势）哦。

根　森　直说了吧。你父亲之所以长期住院，其最根本的原因，是医疗事故吧。该怪医院……（受不了近杉半坐不坐的怪异姿势）行行，我要一杯饮料好了。

近　杉　（利落地挺直身体）你想喝什么？

根　森　是啊，喝什么好，有什么呀？

近　杉　只有大麦茶。

根　森　那就大麦茶。

　　　　　　近杉点点头，消失在收银台后的小厨房里。立刻从小厨房里探出头。

近　杉　不好意思，这里只有大麦茶，我该一开始就问你喝不喝大麦茶。

根　森　没关系。

　　　　　　近杉鞠躬示意，消失在小厨房里。

根　森　（斜睨示野）你给我等着。

　　　　　　宝居走过来，坐到根森身前。

宝　居　什么医疗事故啊？（笑眯眯，津津有味地
　　　　问）

根　森　嗯？啊，这个嘛……

宝　居　咦？保密的吗？

根　森　倒也不是保密。等他回来我就说。现在对
　　　　你讲了，待会儿还得再说一遍，多麻烦。

宝　居　店长的爸爸因为什么住院？

根　森　（一脸"你这人可真烦"的表情）这个嘛，
　　　　说起来……

宝　居　说起来，接着说啊。（有点儿兴奋）

根　森　三年前，他得了骨质疏松症，卧床不起，
　　　　但没其他大毛病……

示野站起身想走。

根　森　你坐下。

示野漫无目的地盯着汽油桶看了一会
儿，满脸都是对根森的不耐烦，但还是坐
了下来。

根　森　（看见宝居在等着他继续讲，不得已，只
好接着说）但到了今年初，他气管不太舒
服就住院去了。往这里（摸摸喉咙）插了
管子，上了人工呼吸。那时还不严重，应
该很快就能出院的。（看向示野）

示野假装什么都听不见，面无表情。

根　森　本该很快就能出院……（看向小厨房，怎
么还不出来）接下来等他回来再说吧。
宝　居　本该？那就是后来没能出院？

根　森　唔。

宝　居　为什么？

根　森　最近半年一直处于昏迷状态。

宝　居　啊？啊？啊，（声音压低）植物化了，变成植物人了？

根　森　（不满意宝居压低声音，故意提高嗓门）是的！

宝　居　（击掌）我明白了，医疗事故！对吧！

根　森　（一脸"我刚才就是这意思"的表情）嗯。（朝向小厨房）近杉君？你不用弄什么冰块。

　　　　　近杉手里拿着味噌和干裙带菜之类的，走出来。

近　杉　好的。

根　森　同样的话说两遍太麻烦了……你为什么拿着味噌？

近　杉　没有大麦茶了，要不，给你做碗味噌汤？

根　森　不用给我找喝的了。

近　杉　哦……哦，好的。那我稍微出去一下。

根　森　去哪里？

近　杉　去买玛德莲小蛋糕。

根　森　你坐下。

近　杉　玛德莲……小蛋糕……

根　森　我的话还没说完。

近　杉　但是，没有点心怎么行呢？（注视手里的干裙带菜）

根　森　（苦笑）遇水膨胀裙带菜。这种东西会吃坏肚子的。

近　杉　……

根　森　我的话，刚说到一半。

近　杉　好的，对不起。

　　　　　近杉返回小厨房。

根　森　麻烦你立刻出来……

宝　居　变成了植物人，是哪个步骤出了医疗事故？

根　森　嗯？噢，还没有出正式结论。院方只说病人的病情恶化，但是……

宝　居　嗯。

根　森　我找了原因，发现……

宝　居　嗯。

根　森　那个人工呼吸机……

宝　居　嗯。

根　森　导管有问题……

宝　居　导管？

　　　　宝居忽然站起来，跑出门，紧接着拿着吸油手泵返回房间，给根森看，"是不是这种的"。

根　森　对，就是这种。总之因为管子有问题，所以氧气中断，店长先生父亲的大脑就……

宝　居　接收、不到、氧气！

根　森　嗯，似乎就是这样！

宝　居　明摆着是医疗事故。

根　森　嗯，我也这么怀疑……

示　野　与此事无关的人能不能闭上嘴？

根　森　（一愣，看向宝居）什么？你和这事没有关系？无关人士？

示　野　还用问？一看就知道是小时工。

根　森　在这儿打工的啊。

宝　居　（冲着示野）你有意见？

示　野　一，看，就，知，道，是，小时工。

宝　居　呵呵，原来你不知道我是谁啊，呵呵。

示　野　你谁？

宝　居　我，好说歹说，是时装杂志的读者模特。我首先是个模特，然后才是小时工，绝非一看就知道是小时工。

根　森　啊？你是个读模？

示　野　管她是不是，她和这事没关系！听她吹！

宝　居　（苦笑，看向根森）呵呵，这人好像对时尚一无所知欸。穿的是洞洞鞋欸。

示　野　行吧，你上过哪个杂志？

宝　居　说了你也不懂。

示　野　把你的包给我看看。包里有电夹板吗？读模的命根子，比钱包还重要的电夹板，你随身带了吗？

宝　居　今天没带，忘在我两室一厅带厨房的公寓里了。

三人背后，近杉从小厨房走出来，从收银机旁拿了剪刀，剪开干裙带菜包装袋。

根　森　（注意到近杉）啊，近杉君？

近杉剪开袋子，又回了小厨房。

根　森　近杉君？

示　野　读者模特怎么可能跑到加油站打工，可笑。

宝　居　你谁啊，你哪儿来的呀？

根　森　她是护士，就刚才我说的那个医院的。

宝　居　一个护士啊。

示　野　哦，你有意见？

宝　居　一个护士啊。一个护士啊一个护士啊一个护士啊。（摆姿势挖两个鼻孔）

　　　　　　　　　　　　　　然后，活下去

示野站起身，扯下脚上的洞洞鞋，攥着敲打宝居的头。

示　野　莫名其妙，这是什么侮辱人的方式。

宝　居　她打我！她用洞洞鞋打我！

示　野　闭嘴！

宝　居　哪儿来的回哪儿去，护士请回医院！

根　森　那可不行，她可不能走。我今天来，就是想让她做出解释。而你，这事好像和你没关系。

示　野　听见没？这事和一看就是小时工的人没有关系。

宝　居　（冲着根森）什么叫没有关系？

根　森　嗯？没有关系，就是……没有关系……

宝　居　我可是被洞洞鞋打过的人。难道挨了洞洞鞋打的人，还不如穿洞洞鞋的人？

示　野　比被筷子夹乳头的人强多了。

根　森　确实。

宝　居　（捂头）哎哟，疼，疼，疼，疼死了。

根　森　你再喊疼，疼也不会消失。

宝　居　呵？你怎么替她说话？噢，我就那么难以
　　　　共情吗？

示　野　因为你的人品吧？没说几句你就扭头求男
　　　　人当救兵。

宝　居　怎么回事？今晚是突然撞邪之夜？（冲着
　　　　小厨房）店长，我能用那个东西吗？那个
　　　　我一直想用的东西，用一下，可以吧？

　　　　　　宝居从收银机旁拿起一个防盗彩
　　　　球[1]，准备扔到示野身上。

　　　　　　近杉拿着干裙带菜从厨房走出来，拦
　　　　住宝居。

宝　居　店长你说，我是无关人士吗？

近　杉　宝居你是我店里的重要小时工。

宝　居　我很难共情吗？

1　日本商店、卖场特有的简易防盗装置。一般为装满橘色颜料、颜色
　　显眼的小球，放置于收银机旁。一旦发生抢劫或偷窃案，店员可在
　　第一时间拿起朝嫌犯丢掷。小球击中嫌犯便会爆裂，亮橘色颜料会
　　沾满嫌犯全身，就算没有丢中，小球也会在地上爆裂，颜料会溅上
　　嫌犯的裤管、鞋子，非常明显又难以清洗，成为警方逮捕窃贼的有
　　利证据。

　　　　　　　　　　　　　　　　　　　　　然后，活下去

近　杉　不难。很容易共情。

宝　居　（看向示野）看！你这种人，和朋友一起去迪士尼乐园的时候，朋友肯定没让你去代领过快速通行证。

示　野　迪士尼乐园？那确实没有。倒是有一次在迪士尼海[1]，我说替他们去领，然后全扔进地球仪大水池里，我一个人回家了。

宝居一愣，两人视线交接。

宝　居　这和我说的差不远啊。

示　野　是不远。

宝　居　哼……刚才对不起。

示　野　没事。

两人默默心心相通。

根　森　怎么个情况？

1　东京迪士尼分为乐园和海洋乐园两部分。

近　杉　宝居，剩下的我来处理，你可以下班了。

宝　居　辛苦了！那我走了！

　　　　　宝居取下帽子，开始整理头发。

根　森　（松了一口气）近杉君，请你先坐下来。

近　杉　好。

　　　　　近杉和根森面对面坐下。

根　森　好，好。现在可以继续说了。（面对近杉）
　　　　是这样的……

　　　　　近杉环视四周，想为手里的干裙带菜
　　　　找个地方。

近　杉　哦……

根　森　那个人，你父亲，住院已经半年了，一直
　　　　昏迷不醒，对吧。

　　　　　　　　　　　　　　　　　　　然后，活下去

近杉把手里的干裙带菜放到桌边缘。

近　杉　（始终被干裙带菜吸引着视线）唔……
根　森　你没想过昏迷不醒的原因吗?

根森开口的同时，示野找宝居说话。

示　野　你真挺像读模的。

四人对话重叠在一起。

根　森　医院给你解释了吗?
宝　居　真的吗? 你也挺不错的。
近　杉　（看着干裙带菜）解释。解释。
示　野　是吗? 其实我也……
根　森　是突然昏迷不醒的，对吧?
宝　居　啊? 你也是模特?
示　野　不是不是，我当过童星。
根　森　明明马上就要出院了……
宝　居　咦，童星?

根　森　（被示野和宝居的对话分了神）那个小时
　　　　工，居然先换衣服，之后才打卡。

近　杉　我们店一直这样，换好衣服再打卡。

根　森　这样啊，哦。我说到哪儿了？

示　野　我以前上过电视。

宝　居　哦，这么厉害！

根　森　（想听示野接着说什么）你父亲的气管
　　　　上，装了人工呼吸机……

示　野　你知道山田洋次[1]导演吗？我上过他的戏。

根　森　（对示野的话很感兴趣）插管，插那
　　　　个……

宝　居　我听说过他。

根　森　管……

示　野　但是拍戏的时候，我问山田洋次导演，你
　　　　是叔叔，还是阿姨？然后我就没戏可演
　　　　了。

宝　居　哇。

根　森　哇。（不小心说出了口，赶紧闭上嘴）

1　山田洋次，日本著名编剧、导演。擅长喜剧和反映普通平民生活的
　　影片创作，代表作有《寅次郎的故事》等。

近　杉　　（一直很认真地听根森说话）什么？

根　森　　噢噢，那个……管子上……

　　　　　　宝居换好衣服，去打工时卡。

根　森　　（看着宝居的举动）近杉君，她可是磨蹭
　　　　　　到现在才打卡。

近　杉　　不要紧。

宝　居　　哎呀，我忘带巴士票钱了。

　　　　　　把爱心募捐箱头朝下翻过来，搜刮零
　　　　钱。

根　森　　近杉君，那个小时工在偷爱心募捐款。

近　杉　　不要紧的。反正是保护地球环境的。

根　森　　真的不要紧？

近　杉　　为了保护地球环境嘛，反正我们店的爱心
　　　　　　也阻止不了地球环境恶化。

宝　居　　（看向示野）再见。（看向近杉）店长我
　　　　　　先走了。

近　杉　今天辛苦你了。

　　　　　宝居离开。

根　森　（已听傻）……哦，我有点儿明白了。（上
　　　　下打量近杉）我好像明白了。

近　杉　哦？

　　　　　根森掏出香烟。

根　森　有打火机吗？

近　杉　打火机？有的。

　　　　　烟灰缸旁用橡皮筋吊着一个打火机，
　　　　近杉想拉长橡皮筋扯过来。

根　森　……我自己过去。太心惊胆战了。

近　杉　心惊胆战？

根　森　松手就会乱弹。

　　　　根森走到烟灰缸旁，一边点烟一边说话。

根　森　近杉君，你吧，你有点儿那个。通过刚才的一番观察，我觉得吧，你虽然不是傻子，但八成是个没主见的老好人。医院随便说什么，你都会照单全收，对吧……点不着火啊。

近　杉　打十下，能点着一下。

　　　　根森不点了，悻悻地把烟放回盒里。

根　森　不跟你绕圈子了，近杉君，明说吧，你被医院骗了。

近　杉　……

　　　　近杉伸手去够干裙带菜，拿到手上。

根　森　（看向示野）护士小姐，前童星身份的护士小姐，麻烦你过来一下。

示野一脸冷漠，假装听不见。

根　森　（愤懑，看向近杉）她是秋留野综合医院
　　　　呼吸内科的护士。你见过她吗？

示　野　（恶声恶气）初次见面，请多关照。

近　杉　……

示　野　初次见面。

近杉把干裙带菜放回原位。

近　杉　初次见面，你好。

根森看着眼前的情形，长叹一声。
窗外暮色四合，夜晚即将来临。

根　森　我虽然只有临时抱佛脚的医学知识，但好
　　　　歹去医院采访过，对医药领域稍有了解。
　　　　我听到不少风言风语，秋留野综合医院有
　　　　问题，医疗事故频发。我一听你父亲正好

　　　　　　　　　　　　　　　　　　然后，活下去

　　　　　在那儿住院，又昏迷不醒，心中怀疑，就

　　　　　偷偷去了一趟医院。

近　杉　你见到父亲了吗？

根　森　没有。

近　杉　……

　　　　　近杉看向冰箱，好像发现了什么。

根　森　长期住院的后藤先生清楚地记得那天的

　　　　　事。那一日，是平昌冬季奥运会第九天，

　　　　　花样滑冰男子自由滑，羽生结弦拿了金

　　　　　牌。下午一点四十三分，住院病人集中在

　　　　　电视机前为羽生选手加油，后藤先生却不

　　　　　感兴趣，所以，他听见了走廊里的奔跑

　　　　　声。

　　　　　他长期住院，马上就辨别出那是护士从走

　　　　　廊上匆匆跑过。他想，莫非出了什么事，

　　　　　就跑出去张望，上了六楼，走进呼吸内科

　　　　　病房区，和一个护士撞到一起。护士立刻

　　　　　弯腰捡起掉落在地上的东西，迅速离开。

后藤先生觉得奇怪，护士手中拿的人工呼吸机导管上，出现了本不该出现的状况。那就是，管子打着结。

后藤先生爱好露营，懂得结的名称，那是工程蝴蝶结。当众人都为羽生选手夺冠而欢呼雀跃时，后藤先生一直在回想那个拿着呼吸管的护士。护士弯下腰时，露出了少许胸部。按理说，医院全体护士穿的护士装，是从护士专用直销杂志《安法米埃》[1]上统一购买的，是弯腰也不会露胸的新设计。为什么刚才的护士露了胸？实际上这个护士刚来这座医院工作，还穿着之前医院的护士装，弯腰就会露胸。整座医院里，只有一人穿着这种护士服，那就是示野女士。示野香夜子女士，你过来一下。

示　野　（叹气）麻烦你不要再说毫无证据的谎话。

1　《安法米埃》(infirmière，即法语的"护士")，日本护士用品邮购杂志。

　　　　　　　　　　　　　　　　　　然后，活下去

根　森　近杉君。

　　　近杉一直看向冰箱，似乎在听，也好
　　　像在走神。听到根森叫自己，他愣了一下
　　　转过头来。

根　森　你父亲停止呼吸的时间，就是花样滑冰男
　　　子自由滑的时长。那四分钟，让他有了后
　　　遗症。原本该响的呼叫器并没有留下记
　　　录。一定是发生了某种医疗事故，院方事
　　　后隐瞒了事实。只有提起法律诉讼，才能
　　　解开真相。近杉君，你愿意和我共同起诉
　　　医院吗?

近　杉　（看着冰箱）……哦……

根　森　什么? 你在听我说吗?

近　杉　（一愣，马上元气十足地说）在!

根　森　光听声音倒是挺有干劲儿的。

近　杉　我们服务业，态度全看……

根　森　待客声音。

近　杉　是的。

近杉在说话同时，不时偷瞄冰箱。

根　森　这事太糟糕了，本来稍微住几天院病就能
　　　　康复，现在不仅不能说话，连一根手指都
　　　　动不了。

根森一边说，一边留意到近杉始终盯
着冰箱，他也露出好奇表情，但嘴上却没
有停。

根　森　这几年来，你一直在照看生病的父亲，对
　　　　吧。看护病人最磨耗身心了。你一定在生
　　　　医院的气吧。（看向示野）以前有过一个
　　　　黑护士案件，如此说来，那个医院里说不
　　　　定也有杀人护士。（看向近杉）你从刚才
　　　　就盯着那边，在看什么？

近杉站起来，向冰箱伸过手去。他捻
了什么东西下来，注视着自己的手指。

然后，活下去

近　杉　……没错了，就是鸡巴毛。

根　森　啊？

近　杉　（给根森看）你看，这是鸡巴毛吧。

根　森　啊？

近　杉　曲里拐弯的，鸡巴毛无疑了。

　　　　　示野走过来。

示　野　让我看看。（探头看近杉的手）

　　　　　近杉给示野看。

示　野　哇，一根鸡巴毛。

近　杉　对吧！为什么鸡巴毛会落到冰箱上？

示　野　诡异！

根　森　（看向示野）我刚才几次叫你过来，你不

　　　　　听。现在为了一根阴毛，你就过来了。

近　杉　是鸡巴毛。

根　森　我说错了吗？

近　杉　没说错。（看向示野）他说的没错，是吧？

示　野　没错。

根　森　那你有什么不满？

近　杉　为什么落在冰箱上方？

示　野　确实，怎么就跑到冰箱上面了，为什么？

根　森　不是你的吗？

近　杉　什么？我的？

根　森　是你不知什么时候掉的阴毛吧。

近　杉　我不知什么时候掉的阴毛？

根　森　对啊，这里是你的店。

近　杉　不好意思，我是傻子，听不懂你的意思。

根　森　有什么听不懂的？

近　杉　哦，我就是说说，也许说的不对……

　　　　近杉站到冰箱旁。

近　杉　（指一指头发，演示从头顶到冰箱上的掉
　　　　落过程）这是可能的。

示　野　唔。

近　杉　（指一指胯下，演示从胯下到冰箱上的飞

　　　　　　　　　　　　　　　　　　　然后，活下去

升过程）这是不可能的。

根　森　……

近　杉　（以为自己没有表达好，又重复一遍）这是可能的。这是不可能的。

示　野　重力问题。

近　杉　是。所以为什么？

根　森　这个啊，是因为……

近杉／示野　（同时做出一脸"什么？你竟然能讲出其中道理"的表情，看向根森）

根　森　（忽然心虚）……这个啊，因为你的阴毛原本就在冰箱上，就是这么回事。

近　杉　啊？（看向示野）你听懂了吗？

示　野　对不起，我也是傻子。

根　森　那什么，不是经常有那种情况嘛，一个东西找不到了，忽然出现在意想不到的地方。

近　杉　比如自行车钥匙，对吧。

根　森　对。和自行车钥匙是一回事。你忽然在冬天衣服的里襟口袋里发现了，哦，原来跑这儿来了。这种的。

近 杉 （看看阴毛）哦，原来跑这儿来了……但是自行车的钥匙是我自己放进去的呀，我不会把鸡巴毛放在冰箱上。对吧。我不记得自己放过。（思索了一下，摇摇头）我没放。

根 森 一般来说不会放。

示 野 他没放，鸡巴毛怎么会出现在冰箱上？

根 森 （变得不耐烦）毛自己爬上去的吧。

示 野 爬上去的？

示野和近杉面面相觑。

根 森 肯定是根野生的阴毛。

近 杉 等等……

根 森 阴毛有自己的自由，想去哪儿就去哪儿，想往哪儿爬就往哪儿爬。天气这么热，连阴毛也想去自己喜欢的地方。所以一不小心，就上了冰箱。

近 杉 一不小心？

示 野 推出了新概念。一不小心。

根　森　谁都会犯错，对吧。志村健[1]一不小心，就把自己的鸡巴照上传到了 Instagram。一回事。

近　杉　一不小心鸡巴？

根　森　对！既然有一不小心的鸡巴，那么可以类推，也有一不小心的鸡巴毛。（改口）阴毛。

　　　　　近杉和示野面面相觑。

根　森　（不耐烦地提高嗓音）野生阴毛是存在的。有时会一不小心犯错。这个解释难道不行？

近　杉　（头脑混乱）行的。（看向示野）那就按这个解释吧。

示　野　（点头）

近　杉　（看向根森）可以，就按这个解释走了。

根　森　走好。

1　志村健（1950—2020），日本喜剧艺人。

近　杉　这个解释很不错。（坐下来，摆出认真倾
　　　　听的姿势）对不起，刚才说到哪儿了？

根　森　能否回到原来的话题，我已经没有自信
　　　　了。话绕得太远，找不到来时路了。

　　　　　　近杉又开始紧盯干裙带菜。

　　　　　　打开干裙带菜包装袋，不时偷看袋内。

根　森　哦，说到哪儿了，哦哦，（看向示野）根
　　　　森先生呢，哦根森先生就是我。你呢，说
　　　　你呢，是你把人工呼吸机导管扔掉了。你
　　　　一定知道内情。

　　　　　　近杉想了想，还是封好干裙带菜包装
　　　　袋，放到距离自己最远的一端。

　　　　　　握紧拳头，仿佛在忍耐。

示　野　你出多少钱？

根　森　哈！就知道你会这么说！不出我所料，暴
　　　　露本性了。

　　　　　　　　　　　　　　　然后，活下去

示　野　医院天天都会死人，我怎么可能记那么清。看在钱的分儿上，说不定我能回想起来。

根　森　气死我了。

　　　　　近杉再一次拿过干裙带菜，打开包装袋。取出一些，死盯。

示　野　最讨厌不掏钱却装了不起的人了。了不起的反义词，是装了不起。

根　森　这倒是真的。你等等，等等，你干吗呢？你在模仿谁？

示　野　我的小同事。

　　　　　近杉刚想把手里的干裙带菜放回袋子，一转念，迅速塞进自己嘴里，吃了。

根　森　你为什么忽然模仿小同事？

示　野　去死吧你。

根　森　怎么这么说话？

示　野　我在模仿小同事。

根　森　转告你同事，让她别这么说话。

　　　　近杉干脆从包装里抓出一大把干裙带菜，一口气全吃了下去。

示　野　看在钱的分儿上，说不定我能回想起来。

根　森　你有病吧！救护车马上就来接你了，黄色救护车。

　　　　近杉把袋子倒过来，将里面的东西全倒进嘴里。

根　森　（回头看近杉）你倒是也表个态。

近　杉　（慌忙扔掉干裙带菜袋子，嘴里塞得满满的）好的。

根　森　吃什么呢？

近　杉　（满嘴东西，歪头表示自己也不知道）

　　　　从这一场景开始，不知何时，电扇自

　　　　　　　　　　　　　　然后，活下去

行转动起来，静谧地扇起一阵阵风。三人却未留意。

根　森　你自己的事，你倒是也说点什么呀。

近　杉　（咽下嘴里的东西）……你今天不写小说吗？

根　森　啊？什么，小说？

近　杉　小说，对，小说。

根　森　我在谈你父亲的事。

近　杉　父亲告诉过我，其实我有一个哥哥（难为情地避开根森的视线），说我哥哥是个做书的（歪歪头），哦哦写书的。

根　森　是吗？

近　杉　看过照片后我很高兴，这个人就是我哥啊。我每晚睡前都要看一遍。

根　森　哦，好吧。

近　杉　见面，（猛烈摇头）我没想过要去见哥哥。但如果……对不起，我知道没有什么如果……但如果我偶然遇到哥哥了，该怎么办呢，我经常这么想。（脸上绽开微笑，

羞涩地低下头）

　　根森觉得麻烦，起身想去洗手间。

　　示野狠狠瞪他，示意"人家的话刚说到一半"。

近　杉　只有一次，我给哥哥寄了一张明信片。对不起。

根　森　明信片？往哪儿寄的？

近　杉　书，书上登的地址。

根　森　哦，出版社。

近　杉　对不起，我写了不该写的话。

根　森　出版社收的信件太多了，不知混夹到哪儿了。我没看到。

近　杉　……没看到？

根　森　好像没看到。

近　杉　是这样啊，你没看到，好吧。

　　根森瞪了示野一眼，表示自己要去厕所。

　　　　　　　　　　　　　　　　然后，活下去

示野不依不饶，不让他去。

近　杉　既然这样，那你为什么来了？

根　森　怎么了？

近　杉　早知道你要来，我就去买玛德莲小蛋糕……

根　森　玛德莲？

近　杉　招待要客，要用玛德莲。

　　　　　根森一脸"这人发什么癔症呢"的表情。

根　森　……（似乎想起了什么，苦笑）想起来了，想起来了，是有这么一家店。这附近有一家店，上面挂着很旧的宣传牌：招待要客，要用玛德莲。是有这么一家点心屋。

近　杉　如果早知道你要来，（环视店内）我就收拾一下了，摆点儿摆设，贴点儿画，对不起，现在什么也没有……

根　森　（苦笑）

近杉忽然想起什么，跑到窗边，拉动绳子，一口气拉起卷帘窗。窗外已是暗夜。

近杉指着窗外。

近　杉　只有这个了。请你从这里往外看。一到夜晚，能看到轮胎的痕迹。白天炎热高温，轮胎融化变软，在地上留下痕迹。夜晚荧光灯亮起，这里一小块儿，那里一小块儿，痕迹轻飘飘地浮现，融化后粘在地上的橡胶和碳素一层又一层地重叠，看上去就像雪。雪，雪的结晶。来加油的司机，还有坐在副驾上的人都会感叹，没想到夜晚的加油站这么美，美得出人意料。请你从这里往外看。

根森不胜其烦地叹了口气，走到近杉身边。

根　森　（往外看）哦，我看了，看到了。

然后，活下去

近杉不由自主地用手摸肚子。

根　森　漂亮。（敷衍地说）

示野注意到地上的干裙带菜包装袋，

觉得奇怪，走过去，捡起来。

示　野　（看后吃了一惊）店长你……

近杉捂着肚子。

示　野　你不会是吃了这个吧。
根　森　什么，真的吃了？遇水膨胀裙带菜？
示　野　袋里都空了。
根　森　全吃了？
近　杉　是的！（元气满满地回答）
示　野　你不要紧吧。
根　森　为什么呀，这都是为什么呀？
示　野　肚子疼不疼？不要紧吧？

根　森　包装袋上写着客服电话，打电话问一下？

示　野　还是叫辆救护车吧。

根　森　啊？送到那个医院？

近　杉　黄色救护车……

根　森　什么？

近　杉　黄色救护车……

根　森　（苦笑）不对的，黄色救护车是搬运脑子
　　　　不正常的人用的。（面向示野）过去我父
　　　　亲总是把黄色救护车挂在嘴边，只要孩子
　　　　不听话，他就说这个吓唬孩子，说要叫黄
　　　　色救护车。实际上没有这种车的。

　　　　不知何处响起手机铃声。

　　　　根森和示野各自拿出手机，确认没
　响。

示　野　（抬头看楼梯）是楼上吧。（看向近杉）
　　　　店长，是你的手机在响？

近　杉　对……

近杉点点头，捂着肚子走向二层。

根森目送他上楼，一脸"这人不太正常"的表情。手里的手机忽然响了，他低头确认，皱着眉接听。

根　森　对，是我。对，是我做的。你说的我都懂，但是，我想直接和我妻子谈。什么？太荒唐了，岂有此理。我们还没离婚，甚至没提过要离。嗯嗯，虽然是有一点儿。我和你没什么好说的。抱歉我要挂了，挂了挂了。（关掉电话）

示野一直注视着他。

根　森　你干吗？

示　野　你需要钱。这就是原因吧。所以你要起诉医院。

根　森　……

近杉走下楼梯，回到房间。

怀里抱着一个很大的画框。

根森和示野都好奇地看，框里是一幅很小的鲷鱼鱼拓[1]。

根　森　这是什么？鲷鱼？

示　野　傻乎乎的。

根　森　太小了。还不如旁边的毛笔字大。

　　　　近杉自然而然地伸手去摸附近的矿泉水瓶，拧开盖子。

示　野　刚才是什么电话？

近　杉　电话？哦，哦，电话。

根　森　说了什么事？

　　　　近杉喝了一口水。

———————

1　鱼拓，即在鱼身上刷墨，把鱼身痕迹拓在纸上，通常为一种钓鱼纪念。

　｜　然后，活下去

近　杉　医院打来的。

示　野　（看见近杉在喝水）店长！

根　森　医院？说了什么？

示　野　不能喝水！千万不能喝水！

根　森　医院找你什么事？

近杉又喝了一口。

近　杉　他们告诉我，父亲死了。

三人无言。

根　森　噢，是这样啊……

近杉把鱼拓比到墙上，让根森看。

近　杉　哥，你终于来了！

根　森　（一愣，惊讶不解）

刚才就在转动的电风扇吹起墙上贴纸的一角。

伴随着近杉手捂肚子痛苦倒地缩成一团的身影，舞台转暗。

2

　　一个夜晚。室内回荡着八音盒演奏的巴赫《小步舞曲》。

　　近杉和根森望着柜台上的骨灰罐。

　　今天根森穿着一件浅蓝条纹衬衫。

　　宝居默默旋转着指尖陀螺。

　　曲终，根森向骨灰罐袋子伸过手去。

根　森　要按哪儿音乐才会响？

近　杉　按这儿。（点头）这里。

　　根森按了一下，骨灰罐袋子自带的八音盒再一次响起巴赫舞曲。

根　森　（再按，音乐停住）活了六十五年，最后响起这么一段小步舞曲，也真是……唉，这也是人生吧。你打算（把骨灰罐）放在哪里?

近　杉　放哪儿好呢。（环视店内，寻找合适的地方）

　　　　　　根森掏出香烟，用吊在烟灰缸旁的打火机打火，打不着。想起这个打火机不好用，放回原处。

根　森　葬礼还顺利吧?

　　　　　　近杉手捧骨灰罐，到处摆放，寻找最合适的地方。

近　杉　嗯，很顺利。

根　森　看到活物了吗?

近　杉　活物……

根　森　据说能看见。一个人死后，与这个人有过关系的人，会同时看到一种活物。有时是蜘蛛，有时是蜥蜴，也可能是狐狸，这是死去的人来做最后的告别。你没看见?

近杉摆来摆去，还是放回柜台上。

近　杉　没看见。你看见了？

根　森　当然没有。唉，原来只是迷信啊。（看着
　　　　骨灰罐）话说回来，根本感觉不出他在里
　　　　面。

　　　　根森把装着三份便当盒饭的塑料袋放
　　　　到骨灰罐旁。

根　森　你看，看上去和便当也差不太多。哪个是
　　　　骨灰？

近　杉　这个是。（指向骨灰罐）

根　森　（微笑）

近　杉　（微笑）

根　森　近杉君，肚子已经不疼了吧。

近　杉　不疼了。

根　森　你为什么要吃那个遇水膨胀裙带菜？

近　杉　是啊！

根　森　光说话声音洪亮。我们吃（便当）吧。

近　杉　只有大麦茶，喝大麦茶吗？

根　森　大麦茶……

近　杉　这里有大麦茶。（声音里充满自豪）

根　森　那就喝它吧。

　　　　近杉走进小厨房。

　　　　根森环视店内，找宝居说话。宝居正在旋转指尖陀螺。

根　森　你知道吗？肯德基原本是开加油站的。桑德斯上校卖炸鸡赚了大钱，后来因为出轨店里的员工，和老婆离婚了。和我家的情况一样。（看着骨灰罐）里面这个人呀，他没见过我的成长过程，我什么时候能吃芥末了，什么时候能喝咖啡了，他都不知道。

宝　居　根森先生，你在自言自语呢。

根　森　（并不是自言自语）唔。

然后，活下去

宝　居　你开始在罗森[1]打工了？

根　森　这不是罗森的制服。米兰买的。虽然是相同的竖条纹。

宝　居　要是横条纹，那就是佐川急便的快递员哈。

根　森　小时工，那个葬礼……

宝　居　我参加了。

根　森　真去了啊。哦那什么，（指着小厨房）他哭了吗？

宝　居　冲着炉子。

根　森　炉子？哦，火化炉。

宝　居　开始点火的时候。

根　森　嗯嗯，必哭环节。

宝　居　还有捡骨的时候。

根　森　嗯嗯嗯。

宝　居　店长笑得可开心了。不对，应该说，是拼命忍着笑。

根　森　怎么会这样？

1　罗森，日本三大连锁便利店品牌之一。

近杉从小厨房里出来，拿着一个系着缎带的蛋糕盒。

近　杉　宝居，里面的冰箱……（看到根森）

根　森　（与近杉对上视线）嗯?

近　杉　……没事。

近杉遮掩着蛋糕盒，退回小厨房。

根　森　哦，我想起来了，我刚才想去洗手间来着。

根森去了洗手间。

近杉手拿一瓶香槟走了出来。

近　杉　还有一瓶香槟。

不见根森的影子，只有宝居旋转着指尖陀螺。

近　杉　根森先生呢？

宝　居　可能走了吧。

近　杉　啊……

根　森　没走，我在洗手间。什么？香槟？

近　杉　……没，不是，是大麦茶。

　　　　　近杉准备返回小厨房。

宝　居　（旋转着指尖陀螺）店长。

近　杉　什么事？

宝　居　你说，平成究竟是什么呢。

近　杉　平成啊……

宝　居　究竟是个什么时代啊？

近　杉　不好意思，我去准备大麦茶，稍后再考虑
　　　　这个问题，可以吗？

宝　居　我等着你。

　　　　　近杉带着困惑的表情返回小厨房。

　　　　　根森提上裤子拉链，从洗手间出来。

根　森　我听见还有香槟。为什么大中午的喝香槟，这里又不是南法。这里难道是法国南部海岸吗？

宝　居　根森先生，你说，平成究竟是什么呢。

根　森　是啊，究竟是什么呢。我们吃便当吧。便当便当。

　　　　近杉用木托盘端着大麦茶走出来。

　　　　近杉和根森从塑料袋里拿出便当，摆在桌上。

根　森　这可是松花堂便当！我在银座的百货店地下街排了半小时队呢……（向正在转指尖陀螺的宝居说）你要是也想吃，就过来搭把手。

宝　居　我正忙呢。

根　森　你就是在那儿穷转，过来帮忙！

　　　　宝居不理他。

然后，活下去

根　森　说你呢！现在不是上班时间吗？这里可不
　　　　是南法度假地。

近　杉　宝居想干什么都可以的。什么南法？

根　森　（说来话长，摇头，算了算了）喂，你在
　　　　那儿转什么呢！再转我拔掉你手腕。就像
　　　　吃螃蟹那样。

近　杉　（吃惊地看向根森）

宝　居　店长，你有点儿碍事。

近　杉　对不起。

根　森　凭什么道歉！

近　杉　对不起。

根　森　你道什么歉！

近　杉　对不起。

宝　居　（嘲笑）他在为刚才的道歉而道歉。

根　森　……吃吧。

近　杉　好。

　　　　近杉和根森坐下，拿起筷子。

宝　居　啊……我想吃寿司。

说着去摸筷子。

根　森　……（睨视宝居）

宝　居　（看着便当）里面有虾哦。

根　森　你不喜欢吃虾？

宝　居　虾呀。（莫名泛起笑容）

根　森　什么？

宝　居　虾尾巴有点儿……没事，没事，算我没
　　　　说。

近　杉　据说虾尾和蟑螂的翅膀成分一样。

根森和宝居一起无言。

近　杉　确实，仔细看的话，虾的外形和昆虫差不
　　　　多。吃虾就和吃蝉、吃蜘蛛差不多是一回
　　　　事。滋味也相似吧。我开动了。

根　森　等等！等等，你等一下。吃饭的时候，干
　　　　吗讲这些？

近　杉　（糟了，做错了）实在对不起。都是我不

然后，活下去

好。麻烦你忘掉吧。

根　森　怎么可能马上忘掉?

宝　居　想想别的事,就容易忘掉了。

根　森　别的事?

宝　居　至今为止看过的最有趣漫画什么的。

根　森　我为什么要在吃饭的时候为了忘记虫子,
　　　　非得去回想《三国志》?

近　杉　对不起。

根　森　《三国志》,六十卷!

近　杉　对不起。

根　森　……不,不,是我失礼了。我今天……

　　　　　　这时,示野走了进来。

　　　　　　近杉和根森都面露惊讶。

　　　　　　示野直接冲进洗手间。

根　森　连声招呼都不打,换成是便利店,肯定要
　　　　惹店员生气。

近　杉　根森先生,现在正是好机会。

根　森　啊?

近　杉　正好忘记刚才的话，可以吃虾了。

根　森　（连连点头）遗憾，我又想起来了。

近　杉　啊。

根　森　没关系。我没生气。我今天来，是想和你
　　　　和睦地吃顿饭。

近　杉　好的。

根　森　现在看来，就剩我和你是血肉相连的了。

近　杉　哦。

根　森　（指一指自己和近杉）咱们俩就好比……
　　　　政宏和政伸。龙平和翔太。肯和辛[1]。

近　杉　是呀！（开心）

　　　　　根森从身旁的皮包里取出一些文件。

根　森　这些文件是为今后的起诉准备的。

近　杉　起诉？

根　森　父亲至今的诊断书，值班护士日记，等
　　　　等，都是需要保留好的证据，我咨询过律

1　即高桥政宏和高桥政伸、松田龙平和松田翔太、小杉肯和小杉辛，
　　三对日本的兄弟演员。

　　　　　　　　　　　　　　　　　　　然后，活下去

师了。

近　杉　（不太明白）哦……

　　　　　　洗手间门开，示野走出来。

根　森　总之，这件事马上需要花钱，那什么，（环
　　　　顾四周）这里的产权证和印章在哪儿？楼
　　　　上？肯定放楼上了吧。

　　　　　　示野听着对话，走向二人。

根　森　我没叫你过来。
示　野　烧卖看上去很美味欸。

　　　　　　示野从近杉的饭盒里拈起了烧卖放进
　　　　嘴里。

根　森　你洗手了吗！这可是别人的便当！
近　杉　不要紧。
根　森　（面向示野）他说不洗才好。

示　野　那就不洗了。（又拾起一个）

根　森　（面向近杉）真不错。

近　杉　（不明所以）谢谢。

示野探头想看根森准备的文件。

根　森　（不让她看）哦？你今天挤乳沟了。

示　野　（探头想看）没有。

根　森　（从示野的视线逃开）你今天打扮得特别
　　　　女，就好像一个随时能傍上 J2 球员[1] 的网
　　　　购专用模特。花多长时间挤的乳沟？

示　野　（一把夺过文件，过目）啊！！！

根　森　（抢回去）没让你看，瞎看什么。

示　野　好吧，那我看这个。

示野从口袋里拿出一本文库书《走向
悲剧的女孩》，大模大样地开始阅读。

1　日本 J 联赛是日本职业足球联赛，J2 联赛即次于 J 联赛的次级赛事。
　　每个赛季，J 联赛最后两名降入 J2 联赛，J2 联赛的前两名升入 J 联赛。

根　森　（看到之后，吃了一惊）

近　杉　（看到书的封面）啊，这本是……

示　野　这个中年男写的小说。

根　森　（伸手去抢）才不是！

示　野　（躲过）就是！就是！上面有你的名字。

根　森　（伸手再抢）给我！

示　野　哦，根森先生，你是著名小说家啊。

根　森　不著名。

　　　　示野在近杉对面坐下。

示　野　根森先生的小说，在十几岁少女之间可红
　　　　了！其中设定恶心的，描写血腥残酷的，
　　　　结尾让人难受的最受欢迎。这本就是，讲
　　　　一个十四岁女孩最后自杀了。通过自杀，
　　　　获得救赎。

根　森　怎么回事？奇怪？我肚子有点儿疼。

　　　　根森想离开。

示　野　前桥市有个十四岁的女孩，读过这本书
　　　　后，用和书里主人公同样的方式自杀了。

　　　　根森停下脚步，无言以对。

示　野　主人公在森林里自杀时，是这么说的。深
　　　　远无尽的森林里，一棵树悄无声息地倒
　　　　下，没有人会察觉。所以，树是否倒下都
　　　　是一样的。悄无声息的死不是死。所以我
　　　　不会死，我通过不被发现的死继续活着。
　　　　就这样，十四岁女孩被这个中年男的酸诗
　　　　深深打动，自杀了。搜救队员后来找到了
　　　　她的尸体。

根　森　说得好像是我杀了她。

示　野　她看了你的小说才死的。

根　森　小说里还写了下雨呢。难道读者看书那天
　　　　下了雨，晾晒的衣服被淋湿也怪我吗？我
　　　　该去为读者收衣服？

　　　　示野拿出手机，点播放键。

记者的声音 听说你还没有向死者父母道歉。

根森的声音 因为会很尴尬啊，对遭遇不幸的人说
什么好呢。

记者的声音 你写的小说伤害了女孩，对吧。

根森的声音 也许她本来就软弱，读不读我的小说
都会死吧。

记者的声音 那么，你对受害者……

根森的声音 我也是受害者。有人一心想死，这种
事情我怎么可能知道。

示野关掉录音。

根　森　（背对众人，不让别人看到他的表情）……
这件事啊……

示　野　根森先生因为这次采访，引发了全国的愤
怒。连载的专栏被叫停，书全部下架，再
没有出版社出他的小说了。

根　森　（喝大麦茶）特别过分，对不对！

近杉拿起根森的空杯，走进小厨房。

根　森　为什么归咎于我呢？

示　野　因为那个女孩死的原因就在……

根　森　为什么和我分手呢？

示　野　什么？

根　森　比如你问"为什么和我分手呢"，对方解
　　　　释完理由，你会释然吗？不会的。这世上
　　　　没有人会。你这么问，并不是想知道理
　　　　由，你只是想说"不要离开我"。你只是
　　　　不甘心，你的失落感无处安放。所以你缠
　　　　着别人问，想借机发泄一番。把这件事写
　　　　成报道文章的记者，和擅自把我在夜总会
　　　　的照片刊载到杂志上的记者是一路货色。
　　　　你不觉得他们太过分了吗。

示　野　哦，你觉得这事和你没关系，就是意志薄
　　　　弱的人兀自死了。

根森遽然静止。背向众人，不让别人
看到他的表情。

　　　　　　　　　　　　　　　　　然后，活下去

示　野　你不内疚吗？

　　　　　这时，近杉从小厨房里走出来，头戴
　　　一顶尖帽，捧着蛋糕盒。
　　　　　根森、示野一起诧异地看着他。

近　杉　哦，没事。

　　　　　说完他又转身回了厨房。

根　森　（看向示野）你究竟想说什么？
示　野　对你我没什么好说的。（扭头向小厨房）
　　　店长。

　　　　　近杉拿着一杯大麦茶走出来。

示　野　这个中年男，自己惹出问题，现在没钱
　　　了，老婆坚决要和他离婚，他嘴上说什么
　　　医疗事故，要打官司，实际就是想骗走店

长的钱。

根　森　他父亲去世了，这是无可争辩的事实。

示　野　和你有什么关系！

根　森　我们是兄弟。（面向近杉）是吧？我们俩，
　　　　一个是龙平，一个是翔太。

近　杉　（点头）一个是肯，一个是辛。

示　野　亏你说得出口。你知道吗？店长这三年来
　　　　是怎么……（说到一半停住）

根　森　什么？

　　　　示野走到根森面前，伸手推他。

示　野　你滚。

根　森　明明是你该走。（反推）

示　野　假装什么兄弟情深。（推）

根　森　杀人护士。（反推）

示　野　杀人作家。（推）

　　　　两人就像在相扑。

　　　　　　　　　　　　　　　　　　然后，活下去

根　森　你滚！

示　野　你，祝你一脚踩上乐高！

根　森　啊？

示　野　你前脚踩上乐高，后脚又踩上一个！

根　森　……你，你每次坐出租车，到的瞬间往上跳字！

示　野　你每次吃便利店海苔饭团，海苔必破！

根　森　你每次通勤坐电车都靠着走道，坐在看不见大海和富士山的那一侧！

示　野　黑胡椒粒卡你牙缝！几个小时后蹦出来辣你！

根　森　你坐出租车必然跳字！

示　野　你喜欢的宝贝漫画必然拍成真人电影！

根　森　（想不出来更多的）……

示　野　还出现原作里没有的女主角！

　　　　　根森被示野推倒，跌坐在地。

根　森　我，我要告你！连你和医院一起告！

示　野　店长，快把这个人赶出去……

近杉看着两人争执，如热锅上的蚂蚁，左右为难。见根森跌倒，连忙走过去扶起他。

近　杉　我觉得看不见大海和富士山的那一侧也有好景色。

根　森　……嗬，是吗？

近　杉　我们去楼上吧。

根　森　楼上？去干吗？

近　杉　楼上。

根　森　楼上？啊，好，好，楼上。走，走，上楼。

根森嘲笑地看着示野，和近杉一起上了楼。

示野目送二人，接着转过身来，看向从刚才起就一直在旋转指尖陀螺的宝居。

示　野　就那么有趣吗？

宝　居　你说，平成究竟是什么呀。

　　　　　　　　　　　　然后，活下去

示野坐下来吃便当。

示　野　以前 Gasto[1] 有个店员就姓平成。问过才知
　　　　道，他爷爷也姓平成。

宝　居　嗬，所以这个爷爷，是昭和时代里的平成
　　　　先生。

示　野　未来人吧。

宝　居　未来人呀。

近杉跑下楼来。

宝居见状，连忙站起身。

宝　居　要开始吗？

近　杉　开始吧。

示　野　（不解）

近杉进小厨房，宝居收拾了圆桌上的

1　日本连锁快餐店品牌。

便当盒，也拿进去。

示野一脸"你们在干什么"的表情看着两人忙活。近杉头戴尖尖生日派对帽，捧着蛋糕盒走出来，宝居紧随其后，拿着香槟。

示　野　你们在干吗？

近　杉　今天是根森先生的生日。

示　野　是这样啊。你们要给他庆生。好吧。我明白了。

近　杉　想给他一个意外惊喜。

示　野　可是刚才他已经看见蛋糕盒了。

近　杉　啊……

示　野　没关系，估计他不明白。

近杉打开蛋糕盒，里面是一个很大的裱花奶油蛋糕。

示　野　这么棒，真有你的！小心别摔了。

近　杉　（一愣，停住）

　　　　　　　　　　　　　　　然后，活下去

示　野　慢点儿。

近　杉　好的。宝居，我点蜡烛，你负责上楼叫人
　　　　和关灯。

　　　　　宝居带着尖尖帽打算上楼。

　　　　　示野叫住她，帮她摘下帽子。

　　　　　宝居上楼。

　　　　　房间里剩下两人，示野看着近杉。然
　　　后微微侧身，不时偷看近杉的侧脸。

　　　　　近杉紧张地往蛋糕上插蜡烛。

　　　　　示野看着近杉认真的侧脸。

近　杉　（察觉到示野的视线，有点儿不好意思）
　　　　怎么了？

示　野　据说，男人认真的时候，身上会散发出好
　　　　闻的气味。

近　杉　有这回事？

　　　　　示野转到近杉背后，凑到近杉的后颈
　　　闻了闻。

示	野	有这回事。
近	杉	只有汽油味吧。
示	野	你的气味，正向我飘来。
近	杉	啊？
示	野	据说，如果一个人觉得另一个人的气味好闻，说明两个人性情投缘。
近	杉	这样啊。
示	野	（看向二层）这种事真紧张，心怦怦直跳。
近	杉	（你在说什么）
示	野	最开始我吓了一大跳。你哥哥拖着我来找你，我还以为我和你的事露馅了。心里一直在想，糟了！不过你放心，没露馅。
近	杉	我和你？
示	野	现在这样肩并肩说话，你感觉不自然？
近	杉	（摇头）
示	野	放心，都交给我好了。那个人怀疑的是医院和我。实在不行就坐牢呗，没什么大不了的。
近	杉	给你添了天大的麻烦……

示　野　我愿意接受你的麻烦。要是你不想给我添麻烦，我反而会失望……我这么说，是不是很难缠？

近　杉　我很感激你的帮助。

示　野　不用这么客气。

近　杉　不知该怎么感谢你……该怎么表示一下呢。

示　野　表示？（苦笑）我这个人，即使每天活着，也会拿地板缝当阿弥陀签[1]，未知的下一步，有可能是生，有可能是死，都无所谓的。那天也是。之前我在拉面店排队，被人加塞，我连抗议的话都说不出来，拉面吃起来也没味道，觉得活着真没意思。后来在医院护士站，大姐说看我像是个会说

1　阿弥陀签，又称鬼脚图，一种抽签类游戏，常用于在多个选项里做出选择，或多人之间分配角色。首先画几条平行线，以平行线的一端为起点，另一端为终点，终点处写上抽签的项目。然后在相邻的纵线间任意画一些横线。最后每个人选一个起点开始往下走，遇到横线就拐弯，遇到纵线再向下跟着画下去，如此类推，到达的终点就是抽签抽中的结果。如果连续画两条横线的话，就会上下抵消，结果作废。因为阿弥陀签的起点与终点为一一对应的关系，多人分配角色时，每个签只有一个人会抽到，且每个签都一定会被抽到。其纵横线路很像相连的地板缝隙，故文中有此说。

厉害话的，那种小事肯定能骂回去。我心想，我哪里像厉害人。我活着，就像一个全年都在跳楼大甩卖的丧店，每天看着地板缝，让阿弥陀签决定接下来是继续活，还是去死。就算坐牢也能看地板缝……啊不行，监狱里是油漆布地面。（苦笑）

示野看向楼上。

示　野　那个人什么都不知道，不知道这三年你是怎么熬过来的。但他毕竟是你哥。我会稳妥行事的。稳妥地请他消失。

近杉插好蜡烛。
示野拉过橡皮筋拴着的打火机。
近杉用打火机点蜡烛，总是点不着。
示野从他手里取过打火机，一下就点着了。
蜡烛幽幽亮了起来。

然后，活下去

近　杉　谢谢。

示　野　别客气，去吧。

　　　　近杉点点头，小心翼翼地捧起蛋糕，

向楼上走去。

　　　　示野为他搬开过道上的便携汽油桶。

示　野　小心别掉了。

近　杉　（一惊）

示　野　小心点儿，掉地上就全完了。

近　杉　……好。不会有问题的，绝对没问题。

示　野　世上没有绝对。

近　杉　……

示　野　慢点儿。

近　杉　嗯。

示　野　别掉地上。

近　杉　（展现微笑）不会掉的。

　　　　近杉松手，蛋糕掉在地上。

近 杉　……

示 野　……

示 野　啊？啊？啊？怎么会这样？

　　　　　近杉呆立无语。

　　　　　示野把手搭到近杉肩上。

示 野　这蛋糕从哪儿买的？（看看表）现在还没
　　　　关门吧？等着，我去买个新的。

近 杉　（摇头）

示 野　我马上就去。

　　　　　示野拿着包准备出门。

近 杉　再买一个，结局还是一样。

示 野　你先收拾着。

近 杉　不是的，我……不是……

示 野　但愿蛋糕店还开着。

　　　　　示野走出去。

　　　　　　　　　　　　　　　　　然后，活下去

近杉低头看着已不成形的蛋糕，无措地呆立。

又忽然动了起来，走向小厨房。

拿着一把折叠椅出来。

在蛋糕残骸前展开椅子，坐下。

忽然觉得不对劲，折起椅子，返回小厨房。

再次走进房间时，手里拿着拖把和水桶。

近杉正准备打扫，根森沿着楼梯走下来。

根　森　那个小时工什么毛病，一会儿关灯，一会儿开灯，太吓人了。我问她为什么关灯，她说"你知道吗鱼是睁着眼睛睡觉的"，还不露齿地"哼哼哼哼"笑。哼哼哼哼！太吓人了。（忽然察觉近杉准备打扫）这是什么？

近　杉　啊？

根　森　哎呀，掉地上了？

近　杉　是。

根　森　怪可惜的……啊？啊！莫非？这是给我的
　　　　蛋糕？

近　杉　不是。

根　森　给我的吧？给我准备的生日蛋糕，对吧。

近　杉　不是，是一个意外惊喜。

根　森　就是我的吧，给我的意外惊喜。

　　　　　根森蹲下，看着地板上溃不成形的蛋
　　　糕。

根　森　这一块没脏。（说着，用手指挖了，放进
　　　　嘴里）

近　杉　（惊讶地望着根森）

根　森　这和雪花一样，没碰到地面的部分可以
　　　　吃。

近　杉　（被说服。点点头，环视）

根　森　（指着蛋糕）你看这儿，还有这儿，都还
　　　　能吃，还不少呢！

近　杉　（手指挖了一块蛋糕，舔着吃了）真的。

　　　　　　　　　　　　　　　　　　然后，活下去

根　森　（用手挖着送进嘴里）有杯红茶就好了。

近　杉　红茶。（一筹莫展）

根　森　你别忙，别忙，我就是说说。（舔手指）我好久没吃蛋糕了，谢谢噢！

近　杉　（美滋滋的）……

根　森　三年了，我没给孩子庆祝过生日。啊，这可不怪我。是她一直不让我接近。

近　杉　……（指着地上的蛋糕，示意"还有这里也能吃"，让给根森）

根　森　我不需要你这种同情。不是有句老话吗，钱尽缘分断。亲子关系可能也是这样。

近　杉　小说。

根　森　哦？

近　杉　是不是因为你不能出版小说了？

根　森　（苦笑）滚。

近　杉　要怎么做才能东山再起呢。

根　森　你可真是。刚才你一直心不在焉，原来都听见了。

近　杉　你去求求情吧。

根　森　求谁？

根　森　不是出版不了，是写不出来了。

近　杉　（惊讶地望向根森）

根　森　啊，蛋糕真好吃。都吃饱了。你别舔了，
　　　　小心再吃坏肚子。

　　　　根森双手黏糊糊的，想找东西擦手，
　　　　近杉摘下脖子上的毛巾。

根　森　你系这么脏的毛巾。岂不是越擦越脏？

　　　　根森想站起身，忽然中途僵住。

根　森　啊！

近　杉　什么？（伸手去拉根森）

根　森　等等，等等，你等等！别碰我。

近　杉　啊？（再次伸出手）

根　森　叫你别碰我！听见了吗，别碰我。

近　杉　哦（几乎快要碰到根森）哦，好的。（收
　　　　回手）

然后，活下去

根　森　哎哟。（疼痛呻吟）

近　杉　哪里疼？（再伸出手）

根　森　别碰我！不疼！现在正是痛发之前的寂静
　　　　时刻，随时可能一触即发。

近　杉　我来搀扶你。

根　森　搀扶？（苦笑）呵，没经历过痛的小孩。
　　　　现在我身体里有根轴在保持均衡。一动，
　　　　均衡就崩塌了。

近　杉　啊，就像 Jenga[1]？抽积木游戏。

根　森　……

近　杉　对不起我说错了。

根　森　你说的没错。就像抽积木游戏。现在我就
　　　　是一座摇摇欲坠的积木塔。

近　杉　现在我就是一座摇摇欲坠的积木塔。像
　　　　Aiko 会写的歌词。（伸出手去）

根　森　别碰我，求你了！叫你别碰，就别碰，怎
　　　　么听不懂人话。

1　Jenga 一词来源于斯瓦希里语，意为"构建"。Jenga 由多块积木组成，
　每块积木的长度是其宽度的三倍，高度是其宽度的一半。玩家交替
　从积木塔中抽出一块积木放到塔顶，并使积木塔保持平衡，创造一
　个不段增高、逐渐失去根基的积木塔，直到积木塔倾倒。

近　杉　　（收回伸过去的手）好的。

　　　　　　根森缓慢站直身子，走了几步。

根　森　　绝对不要碰我。（对自己说）好，没事了，
　　　　　就这样，就这样，不要紧了。

近　杉　　太好了。（又伸出手）

根　森　　别碰我！还不可以碰。

　　　　　　根森在沙发上坐下。

根　森　　赶紧打扫啊，擦干净。

近　杉　　好的。

　　　　　　近杉把蛋糕残渣收拾进水桶，用拖把
　　　　清洁地上余痕。

根　森　　不让你碰，为什么你总是伸手想碰？

　　　　　　根森横躺下来，仰望头顶柜台上的骨

灰罐。

根　森　（忽然想起了什么）听说你笑了，是真的
　　　　吗？

近　杉　（一边打扫）什么？

根　森　听说葬礼上你一直在笑。

近　杉　我没笑。

根　森　你一直在拼命忍着不笑，对吧。为什么？
　　　　是什么那么有趣？你很高兴？

近　杉　（摇头）

根　森　（苦笑）不过，我好像能理解。我其实对
　　　　这个人没兴趣，不关心。反过来他对我也
　　　　一样。所以，我心里既没有高兴，也没有
　　　　难受。一丝一毫都没有。

　　　　　近杉沉默不语。

根　森　（打个哈欠）……说起在葬礼上笑的人，
　　　　我以前也遇到过一个和你差不多的。那人
　　　　说起来……

根森再打了一个哈欠，闭上眼睛。

近杉一直在拖地。

用水桶上的毛巾擦干净地板。

擦完后，将拖把和水桶拿进小厨房。

根森阖目躺在沙发上。

近杉从厨房里出来，刚露出半个身子，停住脚步，静立不动。

根森忽然睁开眼，抬头环视房间，没看到近杉，稍稍纳闷，随即闭上眼睛。

近杉缓慢地从柜台走出来。

来到根森身旁，蹲下，凑近仿佛在熟睡的根森的脸。

近 杉 ……哥。醒醒，醒醒，起来，起来。哥哥，醒醒，救救我。

根森没有回应，仿佛睡着了。

近 杉 怎么办，我不能和正常人一样。

近杉摇晃着根森的肩膀。

近　杉　我杀死了父亲。我杀了父亲。怎么办？救
　　　　救我。哥哥，救救我。

近杉掀翻沙发，根森滚落到地板上。

根　森　哦……哦，完……怎么回事？啊，我睡着
　　　　了。彻底睡着了。睡着了。啊！

近杉紧盯根森。

根　森　（躲避近杉的视线）哈哈，我做了个梦。
　　　　做了一个离奇的梦。

根森扶正沙发，摆回原位。

根　森　我梦见两个冲绳的石狮子在舔我的乳头。
　　　　最惊讶的是，我在梦里，我舒服极了。哦，

时间不早了，我该走了。该走了。走了走
了。

　　　　根森拿过自己的包，准备离开。

近　杉　哥哥你快帮我叫救护车，黄色救护车。
根　森　回见！
近　杉　呼叫黄色救护车！
根　森　今天多有打扰，再见！

　　　　根森落荒而逃。
　　　　剩下近杉独自一人。
　　　　宝居旋转着手指陀螺，从二楼走下
　　　来，看见一动不动的近杉。

宝　居　店长，惊喜派对还开不开？根森先生呢？
　　　　示野呢？他们都怎么了？

　　　　近杉看着宝居手指上旋转着的陀螺。

　　　　　　　　　　　　　　　　　　然后，活下去

宝　居　（忽然察觉"啊，这人不太对劲"）我可
　　　　以下班了吗？

　　　　　近杉慢慢逼近。

宝　居　你干什么？你干……别吓我，别吓我，你
　　　　吓着我了。店长我怕你。

　　　　　近杉伸出手，去抢手指陀螺。
　　　　　宝居躲避。

宝　居　你干什么？
近　杉　拔掉你的手腕。就像吃螃蟹那样。

　　　　　近杉伸手，宝居阻拦。
　　　　　卷在近杉脖子上的毛巾掉到地上。
　　　　　宝居一脸恐惧，跑着逃离。
　　　　　近杉紧追。
　　　　　宝居逃向二层。近杉追上去，然后消
　　　失不见。

片刻无声。

传来宝居的喊痛声，接着指尖陀螺从楼梯上滚落。

宝居按着自己扭曲成怪异角度的胳膊，跑下楼，疼得蜷缩倒地。

舞台渐渐转暗，隐约可见近杉下楼梯的身影。

3

又是一个夜晚，窗外似乎下着小雨。

示野穿着工作服，关上洗手间门。

电风扇吹得贴纸向上翻卷。

示野关掉电风扇。固定好贴纸，走出房间。

根森带着少许被雨淋湿的痕迹，用手机和谁通着话，走进房间，与示野擦肩而过。

根森今天穿着紫色的POLO衫。

根　森　（和小孩说话的口气）什么，我们在吃什么呀？吐司？我们为什么晚上吃吐司呢？吐司不是早……嗯？因为想吃？哦是这样啊，喂，喂喂？喂喂？喂？能听见我说话吗？（死心，关掉手机）

一直卷在近衫脖子上的那条脏毛巾，现在搭在椅背上。根森嫌弃地看看，虽然嫌脏，还是决定"算了就用它吧"，开始擦拭衣服上的雨水。

示野拖着一根长长的水管走进来。

宝居随后进来，骨折的胳膊打着石膏，用三角巾吊在胸前。

示　野　店长不在，没法擅自发工资噢。

宝　居　这个店的工资系统，是小时工可以自由从收银机里拿工资哟。

示野没理她。开始收拾水管，盘好。

宝　居　再说我骨折了。

示　野　你说谎。

宝　居　我从来不说谎。

示　野　宝居，你在我的拉面博客里留言了，对吧？

宝　居　留了。

然后，活下去

示　野　你凭什么在别人的地盘里写你男朋友的性癖？一上来就是"我男票"这种恶心词，还写那么长。

宝　居　因为我觉得好玩。

示　野　明明男朋友不存在却信口乱编的人，人间失格。

宝　居　存在。

示　野　看，你就是谎话精。

宝　居　那你说说看，我的胳膊怎么折的。

　　　示野笨手笨脚，理不顺长水管。

宝　居　不对不对，应该这么卷！

示　野　这样？

宝　居　不对，这样。

示　野　这样？

宝　居　不对。

　　　宝居让示野让开，自己用脚踩住水管，单手熟练地盘起水管。

门外传来咣当咣当声。

宝　居　客人来了。

示　野　没听见引擎响啊？

宝　居　电动车吧。

示　野　（伸手去拿收据和毛巾）你真在行。

宝　居　因为下水道的铁盖响了两次。

　　　　　示野做出"原来如此"的表情，走出
门。

示　野　往——前——往前面——往前面——

　　　　　根森似乎觉得示野的引导声很怪，同
时看向正在盘水管的宝居。

根　森　小时工，你会贴刻纸吗？

宝　居　你在跟我说话？

根　森　你看上去手挺巧的。

宝　居　咦？你今天穿的是京都不死鸟队[1]的球服？

根　森　米兰买的！我这辈子从来没想过京都不死
　　　　鸟队，一秒钟都没有。

　　　　　　宝居漂亮地盘好水管，麻利捆好，顺
　　　　手挂到挂钩上。

根　森　那个胳膊，你不去报警吗？

宝　居　全看店长的态度了。

根　森　你指钱？

宝　居　我和根森先生一样。

根　森　你知道这店的产权证放在哪里吗？

宝　居　我要是知道，早就拿回自己家了。

根　森　他消失三个星期了吧？究竟去哪儿了呢？

宝　居　去犯第二起、第三起案子了吧。

根　森　什么第二起、第三起案子。

宝　居　昨晚在三鹰，有个女的被人泼了煤油。

根　森　什么？

1　加盟日本职业足球联盟的队伍之一。

宝　居　还有，六本木之丘的大蜘蛛雕像，折了一条腿。

根　森　虽然是大事件，但不像是他干的。

宝　居　还有！我昨天买的便利店便当，被人竖着放进了塑料袋。

根　森　哦，对你来说这是惨剧……

宝　居　发生什么都不奇怪！因为现在店长觉醒了。

根　森　觉醒？

宝　居　这种人挺多的。比如有人露出真面目，说自己其实是金星人。

根　森　这……

宝　居　还问我，你是火星人吧。我说我不是，然后我的鞋就被藏起来了。

根　森　白日梦的规模倒是很恢宏，干的事也太逊了。（想起近杉）小时工我问你，你以前没发现他有什么前兆吗？

宝　居　根森先生我问你，你去动物园，会觉得长颈鹿的脖子太长吗？你看到斑马，会奇怪为什么有条纹吗？

　　　　　　　　　　　　　　　　然后，活下去

根　森　会的。

宝　居　长颈鹿看见你，还觉得你脖子太短了呢。

斑马看见你，哇素色的。

根　森　你说什么呢。

宝　居　我想说，你不要觉得身上没纹才是理所应
　　　　当。

　　　　　宝居说着，走进柜台，把钱拢到一
　　　起。

根　森　小时工，你这么做合适吗?

　　　　　示野抱着洗衣篮走进房间，里面装满
　　　洗好的毛巾，走进柜台。
　　　　　拿起防盗彩球，威慑宝居。
　　　　　宝居用打着石膏的胳膊肘捅了捅示野
　　　的胸口。
　　　　　示野挺直了身体，威风凛凛，不为
　　　所动。

宝　居　（忍着疼）……真他妈的疼。（捂胳膊）

示　野　我是这里的看门人。

宝　居　就你？你只是喜欢店长，穷套近乎。

根　森　（吃惊）

示　野　什么？

示野/宝居　（同时）得了吧，你知道什么呀。

宝居又用打着石膏的胳膊肘捅示野胸
口。

宝　居　（忍着疼）……疼死我了。（按住胳膊）

宝居狠踹汽油桶，走出房间。

根　森　（目送宝居离开，回头对示野说）这人不
懂得吃一堑长一智。

示　野　（斜眼瞪着根森）还说别人，你来干什
么？

根　森　你知道近杉君在哪儿吗？

然后，活下去

示野把毛巾放到柜台上，开始叠毛巾。

根　森　说不定，他，他要犯第二起、第三起案子。
　　　　喂，问你呢，你和近杉君什么关系。以前
　　　　就认识？在医院认识的？搞到一起了？
　　　　哦，我知道了你们搞到一起了。有肉体关
　　　　系。

示　野　怎么说你好呢，为什么偏偏你是他哥哥？

　　　　根森似乎忽然想起什么，向示野做出
　　　　一个"鬼才知道"的表情，从毛巾堆里取
　　　　出一条，在圆桌上叠起来。

根　森　他啊，真是……

　　　　叠到一半，忽然觉得不对，站起身。

根　森　（观察着示野的动作）原来要先竖着叠
　　　　一下。

根森返回原处，继续叠毛巾。

根　森　他把父亲变成了骨灰，装进了那边那个罐
　　　　　子里。我不是说他当了丧主，是说他杀了
　　　　　父亲。

示野没有反应，默默叠着毛巾。

根　森　（回头）难道，你是作案同伙？

示野没有否认，默默叠着毛巾。

根　森　啊？你目击了？

示　野　（叠着毛巾）我听到呼叫铃响。

根　森　哦，你听到铃响，就去病房看情况。看到
　　　　　他在病房里。他已经动完手了？

示　野　他在病房里。我到的时候，病人已经没有
　　　　　呼吸了。

根　森　那导管呢？呼吸机的导管。

示　野　打着结。

　　　　　　　　　　　　　　　　　　　　　　然后，活下去

根　森　为什么不马上呼叫医生?

示　野　瞧你说的，你是局外人吗?

根　森　我……

     示野拿起椅背上近衫的脏毛巾，给根森看。

示　野　这条毛巾。

根　森　什么?

示　野　就是这条毛巾。

根　森　哦哦，那家伙的。

示　野　你看，上面污迹斑斑。

根　森　这么脏，他居然系在脖子上。

示　野　这是他父亲的大便污痕，洗不掉的。他父亲卧床不起两年半，他为父亲擦拭大小便。

     根森皱起眉头。

示　野　呵，就算你在电视上看过看护病人的节目，也不会看到病人排便的场面，所以你不知道，这情有可原。照顾病人的第一步，就是发现——啊，病人拉了。

病人的大便会出现在家中任何地方，卧室，浴室，餐桌旁。你每天伴随着病人的大便生活，擦拭着病人的大便生活。指甲里，手指缝里，照镜子看到自己的下巴上，出门看到自己的袖口上，啊，这里也有。（浮上微笑，笑容马上消失）病人自己心里难受，会把气撒到你身上。会掐你。使劲掐。你从病人的手劲儿里，能感觉到他身体里凝聚着巨大的憎恶。你这才知道，这个人已经面目全非，和从前判若两人了。

一般来说，如果一边工作一边独自照看病人，两三个月就会达到忍耐的极限。即便是相爱相伴五十年的妻子，经历了三个月的地狱生活，也会想，趁早给我死吧！可是他，忍受了整整两年半。你竟然责备他，你真了不起啊。了不起了不起，厉害

然后，活下去

厉害。他说过给你寄过一张明信片。这种
生活，明信片那么小，怎么写得下？在那
张你没有看的明信片上，他写的一定是
"救救我"。（忽然回想起来）事发前一
天，他问他父亲：爸爸，你喜欢猫猫的袜
子，还是小狗图案的？他握着父亲的手
说：下次再来医院看你。第二天就发生了
那件事。我觉得，这种因为看护精疲力竭
而杀人的犯人，全国的护士都体贴地帮忙
隐瞒证据就好了。

　　示野把叠好的毛巾放进洗衣篮。

示　野　我不指望你能理解。如果你听到这段话，
　　　　今后不再来找他，倒是挺好的。

　　示野正要把根森叠好的毛巾放进篮
里，忽然察觉到了什么，停住手。
　　根森用毛巾叠了一个小兔子。

示　野　（拿起毛巾）为什么叠小兔子？

根　森　我儿子，最近总是晚上吃吐司，我很担
　　　　心。为什么晚上吃起吐司来了，难道发生
　　　　了变故？

示　野　（叹气）和这种垃圾生气真是不值得。

根　森　你说的对。踢倒的垃圾桶，到头来还得自
　　　　己收拾。哦，这是我编的谚语。

示　野　请你离开。在他回来之前……

根　森　他回来之后，你打算怎么办？

示　野　怎么办？（内心稍稍羞涩）

根　森　你也会被他杀掉的。

示　野　……什么？

根　森　他因为照看病人精疲力竭，所以杀死了生
　　　　病的父亲？这是你编的故事吧，仅仅是你
　　　　内心期待的事实吧。

示　野　（一瞬间张口结舌）没有其他理由了呀！
　　　　他也没有理由杀我。

根　森　理由？你还在找理由。

示　野　你什么都不知道……

根　森　呵，不好意思，我不擅长仰头和站着的人

说话。

示野不情愿地坐到根森对面。

根　森　你做过那种恶作剧吗？按完别人家的门
　　　　铃，马上就跑。

示　野　什么？

根　森　还有巴士上的下车铃。你明明不下车，却
　　　　按了铃。

示　野　做过。

根　森　电梯呢？是不是全部楼层都按过一遍？你
　　　　明明去五楼，却按遍了所有楼层。

示　野　按过。

根　森　因为那儿有个按键，所以想按，对不对！
　　　　可能所有人都这么想过。玩得稍微大一
　　　　点，有人会按学校的紧急警报铃。

示　野　你想说什么？

根　森　你猜。现在，我在边斟酌边说。

根森又开始用毛巾叠起小兔子。

根 森 打个比方，打个什么比方呢。过去，有一个专门负责我的编辑，叫久野。他喜欢那个，那个……橘子新乐团[1]。他小时候喜欢橘子团的 *Locolotion*[2]。攒了零花钱，买了生平第一张 CD。他特别高兴，从唱片店一路跑回家，在唱机前打开 CD 盒，刚要放进去播放，看着 CD 碟片他忽然想：太薄了。这么薄，用手一掰就会裂开，怎么办！如果裂了，就听不到这首歌了。他想着不行，不行，绝对不行，然后把 CD 掰裂了。久野君看着手里的圆形废塑料片，大哭一场，觉得自己再也听不到那首歌了。真可怜，世上真的有这种人，明明知道不可以那么做，但还是忍不住。

　　根森把叠好的兔子放到示野面前。

1　即 Orange Range，日本流行乐队。

2　橘子新乐团的第六支单曲，该单词为造词，无具体词义。

然后，活下去

示　野　（有种不祥预感）……

根　森　再打一个比方，打个什么比方呢。比如他吃遇水膨胀裙带菜，他心里清楚不能吃，坚决不能吃。虽然明白，但会不由自主地想象自己吃的样子，一旦涌出这种想象，就会浮想联翩，无法遏制。他越知道坚决不能吃，想象就越膨胀，变得无比庞大。庞大到承受不了，阻止继续膨胀的唯一办法，只有付诸实践，吃下去，吃下去。把那个会在肚子里涨开的干裙带菜吃下去。其实，他并非真正想吃那个东西，他自己肯定也很震惊，为什么真的吃了呢？他心里明明知道，可还是会让蛋糕掉到地上，会在葬礼上发笑，每次看着父亲呼吸机的导管，会忍不住想：啊，这根管可以打个结，要不要打个结？打了结肯定要出大事，父亲会死。不能碰，不可以打结，不可以的，坚决不行，欸？可以打个结欸。他每天去医院看望病人，都会这么想，回到家里还在想。太好了今天忍住了，明天一定也能忍。但是很遗憾，想象只会逐渐积累，越来越庞大，终于有一天，他被自己庞大的想象压垮了……（看着面露惊惶的示野，轻轻绽出微笑）来，这个给你。

根森在示野面前放了一个毛巾兔。

根　森　杀人理由，动机，因果关系什么的，思考这些，和某种宗教宣称仙人掌能听懂人类语言差不多，也像活得筋疲力尽的弱智护士的消费行为。

示　野　（掩饰住内心的动摇）……你的话真啰唆，又莫名其妙。我不如去上个厕所。

示野走向洗手间。

根　森　至于你，估计会被判缓刑吧。（拿起手机）在警署你也可以谈论人生……

示野返回，打掉根森的手机。

然后，活下去

手机落地。

根　森　你干什么！iPhone屏修起来很贵的！一
　　　　条裂缝就要花一万七八千日元。

示　野　你就信口胡扯吧。

根　森　你真的以为我在胡说八道？难道你一点儿
　　　　感觉都没有吗？

示　野　就算是真的，他不是你弟弟吗？

根　森　是我弟弟。异母兄弟。但谈论亲情之前，
　　　　他首先是一个精神变态。这种变态居然和
　　　　那个小时工能和睦相处，真是滑稽。（微
　　　　笑）

示　野　你得救救他。

根　森　我不是医生，怎么救他？再说了，万一出
　　　　事怎么办？

示　野　你牵住他的手就好了呀。

根　森　牵手。我稍微一个不注意，他又（做出用
　　　　匕首扎刺的动作）杀人了，你能负责吗？
　　　　光嘴上喊，小祐，不可以这样！这有用吗？

示　野　那种时候，你和他互换衣服就好了呀。

根　森　什么意思？

示　野　替他顶罪。

根　森　让我当杀人犯？那我的人生呢？

示　野　买那种特别贵的冰激凌来吃就好了呀。

根　森　什么意思？

示　野　吃完冰激凌，就会元气满满。

根　森　又不是和同事闹别扭，吃个冰激凌心情就好了。弄不好要判死刑的。

示　野　你写心情手记就好了呀。

根　森　能用心情手记获利的，只有幻冬舍[1]！

示　野　你和他是一家人呀。

根　森　人类历史上，在家人的温情庇护下肆意杀人的恶徒数不胜数。

示　野　你想和弟弟划清界限？

根　森　还用问？我也有生命危险。

1　日本的一家出版社。推出过很多真人心情手记，非常畅销，比如重病少女木藤亚也的病情手记《一公升眼泪》文库版。2007 年在千叶县市市川市杀害英语老师后逃亡两年的杀人犯市桥达也被捕之后，幻冬舍出版了他的心情手记《从逃亡到被捕——空白的两年零四个月》，非常畅销，杀人犯获得巨额版税收入，由此引发了出版伦理的舆论争议。

这时，洗手间门开了，近杉探出头来。

示　野　怎么能一口咬定呢？这种事，说不定只是
　　　　你的想象。其实吧，那种人也不一定都会
　　　　杀人……

示野察觉到近杉探出了头。

根　森　（没有察觉）当然。但是，其中有的人会
　　　　杀人。

示野摇头，示意近杉不能出来。
近杉点头表示同意，却走出洗手间。

根　森　那种人就是废品。
示　野　（在意近杉）你在说什么啊……
根　森　出厂的时候就是废品。因为是人，出于偶
　　　　然才没有被处理掉。这种废品如果送到
　　　　BOOKOFF[1]，对方肯定拒收，你还得带回去。

_____

1　经营二手书、二手家电的日本连锁商店。

示野用洞洞鞋打根森的头。

根　森　……我明白这种屈辱的感觉了。我和小时
　　　　工共情了。

示　野　（对近杉说）他的话，你不用在意!

　　　　根森一愣，回头，看到近杉站在那
　　　里。

根　森　不是，不是，我不是这个意思，近杉君你
　　　　听我说。

　　　　根森发现近杉衬衫上的暗红色污痕。

根　森　啊……（指着污痕）这是什么? 你怎么
　　　　了?

近　杉　鼻血。我的鼻血。

根　森　鼻血?

近　杉　开车撞到了方向盘。

　　　　　　　　　　　　　　　　然后，活下去

根　森　（不相信）哦是吗，是这样吗？嗯？是这样啊。哦，这可真够惨的……

示野取了一把锤子过来，睨视根森。

根　森　你要干吗……

示　野　你敢报警我就杀了你。先让你痛苦不堪，再要了你的命。慢慢地弄死你。

根　森　我才不会报警。我怎么可能报警呢？

示　野　当着弟弟的面，你真有脸说这种话。

根　森　……

根森瞟了一眼近杉，面向示野。

根　森　我们虽然是兄弟，却不是一家人。虽然是兄弟，却是赤裸裸的他人。

示野举起锤子，再次威慑。

根　森　别这样。

示野把根森赶到门口。

根　森　住手！别这样，别这样别这样。

示野把根森赶出去，锁上门。

能听到门锁发出几声磕碰声响，像是根森从外面试图开门。

示野把锤子放到冰箱顶上。

近杉看着她放锤子的动作。

示　野　（对近杉微笑）不要紧的，那个人的话你不用当真。他就是想要这里的产权证，不是你不好。

近　杉　（看向锤子的方向）好的……

示　野　把这些都忘了吧。

近　杉　（困惑地歪歪头）

示野在近杉脸前拍了一下手，想吸引他的注意力。

示　野　要让我说，我和你是在咖啡馆认识的，就是你经常去的那一家，我是那里的女招待。你若无其事地问我要不要一起吃饭，看似漫不经心，其实是计划好的，看着不像约会，实际上就是约会，我们就这么认识了。这个说法比较好。什么医院啊？不懂，不知道。一切都没发生过。

近　杉　……（摇头）

示　野　没发生过。

近　杉　我杀死了父亲。

示　野　那不是你爸爸吗？又没给别人添麻烦。

近　杉　嗯。但是，哥哥说的都是真的。

示　野　（吓了一跳）……没关系的。

近　杉　我觉得自己还会再做。

示　野　没关系的。

近　杉　也许还会杀死其他人。

示　野　没关系的。

近　杉　没有理由，我想，就是天生的。

示　野　……可以阻止的。

近　杉　（从刚才起就一直盯着锤子）

示　野　万一到了那种时刻，我会……（察觉到近
　　　　杉的视线，回头去看）

　　　　　看到冰箱顶上的锤子。
　　　　　示野震惊。
　　　　　近杉走过去，伸手去拿锤子。
　　　　　示野抢先一步，拿起锤子，放进冰
　　　　箱，关上冰箱门。

示　野　至今为止你一直都很好，为什么现在……

　　　　　近杉想去开冰箱门。
　　　　　示野打掉近杉的手。

近　杉　不是的。

示　野　我明白。

　　　　　近杉伸手，示野打掉，如此反复几次。

　　　　　　　　　　　　　　　　　　然后，活下去

近　杉　不是的。

示　野　我明白。

近　杉　对不起，不是这样的。

示　野　我明白，我明白。

　　　　近杉不顾一切地想打开冰箱。

　　　　示野先拿到锤子，背过手去，藏到自
己身后。

　　　　近杉想去够锤子。

　　　　示野打掉他的手。

　　　　近杉伸手，示野打掉，如此反复几
次，两人渐渐走到楼梯处。

近　杉　危险，太危险了。

示　野　是，确实危险。

近　杉　太危险了，我们不要这样了。

示　野　是，不要这样了。

近　杉　不要这样了。

示　野　嗯，不要这样了。

近　杉　危险，危险。

示　野　是的。

近　杉　危险。

示　野　对。

近　杉　太，危险了。

　　　　　　近杉抓住示野，想夺过锤子。

　　　　　　示野反抗，错过身子，推倒近杉。

　　　　　　近杉倒在楼梯上。

　　　　　　示野吃了一惊，把锤子扔向身后，紧
　　　紧抱住倒下的近杉。

　　　　　　倒在楼梯上的两人身影重叠到一起。

　　　　　　窗户外，根森现身，窥看两人。

　　　　　　近杉和示野都呼吸急促。

　　　　　　示野紧紧贴上近杉的身体。

示　野　……咦? 近杉你……（说罢面露微笑）

　　　　　　示野察觉到近杉身体上的变化。

　　　　　　示野上下抚摸近杉全身，把脸凑过
　　　去，在楼梯暗处亲吻近杉。

　　　　　　　　　　　　　　　　　　然后，活下去

窗外根森震惊不已，拼命想看清两人身影。

示野离转，把近杉拉起来。

示 野　我们上楼吧。

示野扶起低垂着头、任凭她摆布的近杉，支撑着他，催他上楼。

根森敲窗。

示野听到声音，回望一眼，没有理会，拉着近杉走上楼梯。

舞台转暗，在外敲窗的根森，也渐渐消失不见。

4

夜深了。根森坐在椅子上，抚摸着桌角。

示野站着，用玻璃杯喝水。她身上的工作服不见了，衬衫领大敞到胸口。

喝完，她看看玻璃杯，似乎忽然发现了什么，用袖子使劲擦玻璃杯。

示　野　（对着灯光查看玻璃杯，凝视）……是划痕啊。

根　森　（抚摸着桌子）这桌子是宜得利（Nitori）的吗？

示　野　蒂诺斯（Dinos[1]）的吧。

根　森　蒂诺斯噢。

1　与上文宜得利同为日本家具品牌。

示野去拿自己的包。

示　野　我回家了。

根　森　没干成，太好了。话说回来，这种情况很常见。

示　野　因为是第一次。

根　森　不会再有第二次了。你竟然用性欲去对抗他，你知道这事多玄嘛。

示　野　和你有什么关系，少管我。

根　森　那家伙可是杀过一个人的。

示　野　他父亲嘛。

根　森　无论如何，我也算被害人家属。

示　野　照这么说，你也是加害人家属。

根　森　那我不就成了最可怜的人了吗？（说完，意识到确实如此）对啊！我就是最可怜的人。

示　野　我不会放弃的。

根　森　不放弃什么？

示　野　我要把他变成一个好好的，好好的正常的人。

根　森　（苦笑）世上有些事，无论如何也是做不
　　　　到的。难道你不懂？

示　野　我会加油，绝不放弃。

根　森　你，赶紧去找全国"轻信努力必有回报"
　　　　受害者协会的广大会员，你去问问他们的
　　　　感想。

示　野　我想救他。

根　森　长颈鹿的脖子能缩短吗？斑马的皮毛能变
　　　　成素底吗？你救不了他。他天生就是那种
　　　　人，你矫正不了，也救不了。

示　野　不对。他照看生病的父亲整整两年半！是
　　　　个温柔体贴的人。

根　森　我知道。

示　野　他有很多别人都没有的优点。

根　森　我知道。

示　野　他做了很多好事。

根　森　这些在他身上都是共存的。是啊，如果他
　　　　是一个纯粹的坏蛋，也用不着这么纠结
　　　　了。

示　野　……

　　　　　　　　　　　　　　　　　　　然后，活下去

根　森　现在，你刚刚和他一起过了危险的吊桥[1]，所以你才会这么想。早晚有一天，你会嫌弃他，看透他的。

示　野　才不会，这一天绝不会来。

根　森　会来的，别不信。

示　野　我想和他建立家庭，想变成他的家人。以后我们有了孩子，让他当上父亲，这样一来他就会变得正常……

根　森　你猜，他看着你怀孕时的大肚子会怎么想？

示　野　（一惊）

根　森　越是珍贵的东西，越是脆弱的东西，他越会想，不行不行，不能那么做。绝对不能殴打那个肚子，不能踹。

示　野　（感到恐惧）……

根　森　他一定也很痛苦，所以一直忍着。忍着……你受得了吗？和一个拼命压抑着踹你肚子冲动的人一起生活，你受得了吗？

1　吊桥效应，身心高度压力状态下，比如两人同渡吊桥，会把恐惧错误认知为爱恋而喜欢上对方。

示　野　（无言以对）……

根　森　为了他，你能做的只有一件事，那就是
　　　　把他关进牢房，让他老死在监狱里。或
　　　　者……或者……（说不出来，长出一口
　　　　气）

　　　　示野再也听不下去了，想离开。

根　森　看，你想逃避。

示　野　（痛苦地睨视根森）

　　　　示野撞上地板上的汽油桶，趔趄着走
　　　出房间。

　　　　根森目送她离开，转头看了一会儿二
　　　楼，叹息。

　　　　他站起来，开始粗暴地翻找收银机旁
　　　的文件夹和抽屉。

　　　　他在找产权证。

　　　　骨灰罐妨碍到他，被他胡乱丢在一
　　　旁。

找出文件夹，搜寻一番后，掷到地板上。

近杉从楼梯上下来，捡起地上的文件。

根　森　（察觉到近杉）……产权证在哪里？赶紧把地产证明交出来，听见没有！你他妈的要去坐牢了，要这个店也没用了！放哪儿了？！

近　杉　楼上。

根　森　楼上哪里？

近　杉　海苔罐里。

根　森　赶紧拿下来！不要海苔罐，要里面的东西！

近　杉　嗯。

近杉接近根森。

根　森　我让你赶紧去拿，你别过来！说你呢，别过来！别过来！

近杉走到根森身前，手伸进衣兜。

根森惊慌后退。

近杉从兜里掏出来、递向根森的，是一支自动铅笔。

根　森　这，这是什么……

近　杉　自动铅笔。

根　森　什么自动铅笔。

近　杉　自杀的前桥女孩的父母交给我的。

根　森　……

近杉重复女孩父母的原话。

近　杉　请把铅笔送给根森先生。我女儿给她崇拜的根森老师写粉丝信时，用的就是这支铅笔。

近杉递上铅笔。

根森不接。

根　森　（内心慌乱）这都什么呀……

近　杉　她用的总是这一支。给你写粉丝信的专用
　　　　铅笔。（递过去）

根　森　（躲避）这种东西为什么在你这儿？我才
　　　　不要呢。

近　杉　对不起。（递过去）

根　森　（躲避）什么呀，什么粉丝信。我从来不
　　　　看那种东西！早就对编辑说过，我不要那
　　　　玩意儿，统统给我扔了。

近　杉　啊，好的。（想装回自己口袋，却再次递
　　　　过去）

根　森　我说了不要了。不要！不要！

近　杉　好。（困惑地歪歪头，递过去）

根　森　说了不要。你听不懂？

近　杉　听得懂。收下它。（递过去）

根　森　你自己收好。

近杉犹豫着把铅笔放到桌子上。

根　森　别放那儿！

近　杉　好的。（放下）

根　森　说了别放，为什么还放！

近　杉　对不起。

根　森　叫你别放，就别放！听不懂人话？

　　　　　根森抓起铅笔，走到窗边，打开窗户，扔进小雨里，飞速关上窗户。

近　杉　（呆呆地看着）……

根　森　你少管这种闲事！赶紧去拿产权证！我准备了赠予协议书，你把印章也拿过来。

近　杉　好的。

　　　　　近杉走上楼梯。

　　　　　根森烦躁地喘着粗气，坐到椅子上。

　　　　　不经意地看向窗外。

　　　　　马上收回视线，坐立不安。

　　　　　站起来，稍微向门口走出两步，立刻返身回来，左右徘徊。

　　　　　　　　　　　　　　　　　　然后，活下去

再次坐下，但如坐针毡。

根森站起来，慢慢走向窗口。

看向窗外，"啊"地一惊，慌忙走出房间。

从窗户能看见外面的根森。

他蹲下捡起什么，站起身，看着手里的东西。

自动铅笔可能湿了，他仔细用衣服擦拭。

凝视。

从不同角度看，敲击，来回转动。

看着看着，他猛地捂住脸。

近杉走下楼梯，手里拿着海苔罐。

四下看看，不见根森。

近杉看看桌子底下，探头进小厨房寻找，敲敲洗手间门。

忽然看到窗外根森的背影。

根森双手掩面，肩膀在颤动。

近杉走出门。

窗外现出近杉的身影，看上去是在对

根森说话。

根森摇头，用力推开近杉。

门被粗暴地打开，根森擦拭着面颊走进来。

拿出手机，开始打电话。

近杉也返回房间。

根　森　喂，喂……（对方接听了）啊！喂喂！高村君？是我！嗯？我是根森。啊？不是不是，我是根森，写小说的那个根森。喂，喂？啊，怎么断了？

　　　　似乎是对方挂断了电话。根森再打一遍。

根　森　喂，是我，刚才好像突然断了。嗯，嗯。是这样的。有件事我想问一下。不会占用你很长时间，马上就完。是这样的，读者写给我的粉丝信，都放在你那儿了，对吧？我想……喂喂？喂喂？

又被挂断。根森本想再打一次，忽然想起什么，另换一个号码。

根 森 ……喂，是我。啊，别挂别挂别挂，求你别挂。对不起我设置成非显示号码了，是我不好，别挂。我只说要紧事，只说要紧事。你还好吗？啊，怪我怪我，这句不算，别挂别挂别挂，求你了。我，我的房间，啊，我的房间还在吗？房间里有出版社寄过来的很多东西。其中估计有读者寄来的粉丝信。嗯？我也不知道放哪儿了，只知道有。喂？喂？……（长叹一声，收起电话）

近杉手捧海苔罐，无言地看着根森。

根 森 ……印章呢？墨水印可不行[1]。

近 杉 是。

> 近杉坐下来，放好海苔罐，打开盖
> 子。
>
> 根森从里面掏出信封和印章。

根 森 这怎么行呢？这么重要的文件和印章不能
放在同一个地方。必须分开放！

近 杉 是。

根 森 打开信封，确认里面的产权证。唔，唔，
唔。什么时候变成你的名义了？

近 杉 （指指外面）路边掉了一个美式热狗……

根 森 （打断）算了算了。唔，接下来，请你签
个字吧。

> 根森从自己的皮包里掏出赠予协议书

---

1 日本惯例，法律文书上不能盖墨水印，因为墨水印是批量生产，名
字笔画一致，容易造假，墨水容易劣化。必须使用手工刻制的正式
印章和印泥。

文件。

根　森　（一边掏一边说）……你去了前桥?

近　杉　什么?

根　森　没什么……

近　杉　我去了前桥。

根　森　你傻吧。你是傻子啊。为什么去? 你就是
　　　　傻子吧。

近　杉　对不起。

根　森　在这儿签字! 世上有些事可以干，有些事
　　　　不能干，你连这个都不懂?

　　　　　近杉去拿那支自动铅笔。

根　森　别用! 我说别用的意思是，法律文书不能
　　　　用自动铅笔。

　　　　　近杉从收银机旁拿过圆珠笔。

近　杉　在这里签?

根　森　对。地址，电话，还有签名。

近　杉　好的。

近杉开始写，根森紧盯着他写。

根　森　字迹不能潦草。

近　杉　好的。

根　森　（看着近杉写）……你去了前桥。

近　杉　前桥?

根　森　算了……

近　杉　我去了前桥。

根　森　为什么? 你怎么去的? 坐电车?

近　杉　开车。

根　森　开车? 你怎么知道地址的?

近　杉　我问了很多人。

根　森　怎么问出来的! 一般问不出来的。那么容易问吗? 所以你见了那个，那个对方。

近　杉　女孩的父母。

根　森　你图什么呀! 挨了一顿臭骂吧?

近　杉　（摇头）

根　森　你没说自己是根森的弟弟？

近　杉　说了。

根　森　太可笑了！一般来说对方肯定要火冒三丈。

近　杉　他们对我说，请进。

根　森　你就进去了？

近　杉　嗯。

根　森　那得多尴尬啊。（指着文件）赶紧写，手别停。

近　杉　好的。（写字）

根　森　那个家什么样？

近　杉　很窄的老式住宅小区楼。

根　森　很窄？你这么形容别人家，没礼貌。那个，那个父母，什么样？多大岁数？

近　杉　五十五……

根　森　那么大年纪。

近　杉　他们说是人到中年才有的女儿。

根　森　（不由自主地逃避开视线）……快写。

近　杉　写好了。

根　森　写歪了吧。

近　杉　对不起，我重写一遍……

根　森　不用了不用了，就这样吧，就这样！盖
　　　　章！

近　杉　好的。（准备印章）……

　　　　　　近杉走进柜台。

根　森　你干吗？

近　杉　印泥。（四下寻找）

根　森　哦。你们说了些什么？

近　杉　实在添了麻烦。

根　森　你对他们说？

近　杉　他们对我说。

根　森　……

近　杉　在女儿的事上，实在给你添了麻烦。

根　森　……你别瞎编啊。

近　杉　听说因为女儿这件事，根森先生的书不能
　　　　出版了，很对不起。

根　森　……他们这么说？怎么可能！

近　杉　女儿看过根森先生的书后，说自己得救
　　　　了。从今往后，请根森先生继续为我女儿

　　　　　　　　　　　　　　　　　　　　然后，活下去

写书吧。

根　森　你没反驳——没有这回事？

近　杉　啊？

根　森　你没认真告诉他们？那个人写书，不是为了谁而写，只是单纯为了赚钱，从没想过要拯救谁。

近　杉　没告诉。

根　森　混蛋。为什么不说！

近　杉　对不起。

根　森　那孩子什么样？

近　杉　什么？

根　森　死了的女孩！是个什么样的孩子？

近　杉　（困惑地歪歪头）

根　森　女孩给我的信里，都写了什么，他们说了吗？

近　杉　（困惑地歪歪头）

根　森　为什么不问清……（猛地哽咽住，背转过身子）

近　杉　对不起。

根森抚摸自动铅笔。

根　森　……她都写了什么，那女孩，都对我说了
　　　　什么，那封信，到底什么样子啊？

近　杉　（担心地看着根森）哥，不要紧的。

根　森　（惊讶）

近　杉　他们说，因为女儿的事，根森老师受了牵
　　　　连。女儿读过老师的书后，说过自己得救
　　　　了。

根　森　（内心受到强烈冲击）你怎么不明白呢，
　　　　这种事情我并不想知道。不被宽恕才对，
　　　　被宽恕了反倒难办，太难办了，唉你懂不
　　　　懂……啊！

根森直勾勾地看着自动铅笔。
近杉拿着印泥回来。

近　杉　哥。

根　森　盖章！赶紧盖章！现在！马上！

　　　　　　　　　　　　　　　　然后，活下去

近杉点点头，坐下来，盖章。

根森拿过文件，装进皮包里。

根　森　好，事情办完了，辛苦你了。其他手续我
　　　去办，你在本月之内把这儿，关掉……
　　　哦，和那个女的想去哪儿就去哪儿吧。听
　　　懂了吗?

近　杉　嗯。

根　森　那好。

不见根森站起身。

近杉觉得奇怪，看向根森。

根　森　哦，还有，那个。

根森站起来，把刚才胡乱摆放的骨灰
罐放回原位。

根　森　这个也别忘了带走。

近　杉　好的。

根森不由自主地按下播放键。

八音盒演奏的巴赫《小步舞曲》传来。

两人无言倾听。

根　森　还是觉得巴赫不搭。怎么讲，他，难道没有爱唱的歌吗？

近　杉　（困惑地歪歪头，唱起来）积水——建设——[1]

根　森　（苦笑）这个啊……确实唱过。吐司，他吃吐司的时候，四周的硬边，他是怎么吃的？

近　杉　啊？

根　森　他，有没有把吐司硬边，这样，泡在咖啡里吃？

近　杉　泡了。这样子，在咖啡里泡得软绵绵的。

根　森　没改。

近　杉　从前就这么吃？

_____

1　此处模仿的是日本积水建设的电视广告歌。

　　　　　　　　　　　　　然后，活下去

根　森　那人啊，在这方面，从前就吃相不好。

近　杉　蘑菇山[1]，他只吃上面的巧克力，留下下面的杆。

根　森　（笑了）真差劲。

近　杉　吃完刨冰，马上吐出舌头给人看，蓝舌头[2]。

根　森　哈哈，蓝色夏威夷。（笑）就像个小孩。他泡完澡，浴缸的水几乎都被他祸祸光了。

近　杉　还特别讨厌吸尘器的声音。

根　森　又不是猫！他是不是午饭只吃咖喱？

近　杉　是的。

根　森　午饭只吃咖喱。

近　杉　不吃别的，只吃咖喱。

根　森　怎么老是咖喱！你的世界里难道就没别的？但晚饭……

1　蘑菇山，明治株式会社生产的巧克力类零食商品名。蘑菇杆部分是饼干，伞部分是巧克力，1975 年上市，畅销至今。同类产品还有竹笋形状的"竹笋乡"。

2　日本夏天市面出售的刨冰上浇的糖浆颜色通常非常艳丽，不是艳粉红，就是天蓝色。

根森 / 近杉　（异口同声）绝对不吃咖喱。

　　　　　两人一起笑。

　　　　　根森不知想起什么，看向窗户，走到窗边。

根　森　……其实啊。

近　杉　嗯。

根　森　从前，我来找过你一次。

近　杉　……

　　　　　近杉也走向窗边。

根　森　他离开后，过了好一阵子，我母亲命令我去看看。我心里一百个不愿意，但还是坐上中央线电车，来了这里。一直走到那个位置。

　　　　　根森指着窗外。

　　　　　　　　　　　　　　　　　　　然后，活下去

根　森　他，他正在洗车，一辆日产西玛。你呢，刚这么高。（比画出膝盖的高度）你坐在发动机盖上，吹着肥皂泡泡。我躲在路那边的阴影里看着你们。心想，啊，那个就是，我的弟弟……怎么说好呢。我明明知道不可能的，虽然知道自己绝对不会再来，但还是傻乎乎地遐想了以后，啊，现在的自行车不能扔，以后，要送给弟弟骑。这种事情，我想过的。多么滑稽……

近　杉　我们的视线合到了一起。

根　森　怎么可能！

近　杉　我一直记得。

根　森　（比画膝盖的高度）那会儿你才这么大！

近　杉　我记得的。根森先生，那天，你穿了一件大猩猩图案的 T 恤。

根　森　我都不记得了。

近　杉　你穿了。我光顾看大猩猩了……

根　森　然后你从发动机盖上掉下来了！

近　杉　对。

根　森　头朝下，撞在水泥地上。

近　杉　对。

根　森　他吓了一大跳。赶紧抱起你。车刚洗到一半，他顾不得到处都是泡，把你放进车里。

近　杉　这一段我不记得了，大概是开车去了医院。

根　森　这样啊，我以为你死了。

近　杉　这里。（让根森看他头顶）

根　森　啊，真的，真的有一块秃。

近　杉　这块秃是你害的。（微笑）

根　森　怎么可能。（微笑）

近　杉　因为那会儿撞了头，才成了现在这样。

根　森　（笑）也许吧。

近　杉　（笑）

根　森　（回味自己说过的话）……唉……

　　　　　两人看向窗外。

根　森　你在明信片上，都……写了什么？对不起，我没看。如果当时看了，现在也许会

　　　　　　　　　　　　　　然后，活下去

不一样。说不定，我们三个也能有坐到一起吃刨冰的日子，互相吐蓝舌头。如果是那样，我能帮你照顾病人……不对，我不会帮忙的，我天生就这性格。如果和也许，都是不存在的。一个特别没出息的哥，过去和现在一直没变过。以为自己在前进，实际上一直在重复。左拐，左拐，左拐，再左拐，到了地方一看，啊，还是这里。左拐，左拐，左拐，再左拐，啊，又回到了这里。无论怎么走，总是回到原地。这就是我不成熟的地方，嘿嘿嘿。

根森站起身走开，脸上挂着自嘲的微笑。

近杉又开始紧盯着窗外。

根　森　（探头看看小厨房）有啤酒吗？啤酒，我进去找找。

根森走进小厨房。

近杉盯着窗外，悄无声息地走出门。

根森拿着香槟出来。

根　森　找到一瓶香槟。没冰过的香槟。

近杉揭掉封印，打算用手去拔香槟木塞。

根　森　不要紧吧，不会嘭地一下子涌出来吧？胆战心惊，哇，心跳加速……

近杉拎着便携汽油桶返回房间。

把汽油桶放在地板上，拧开盖子。

根　森　嗯？我找到一瓶香槟。没冰过的。有杯子吗？没冰过的杯子。（绽出微笑）

近杉提起汽油桶。

根　森　……你在做什么？

然后，活下去

近　杉　（困惑地歪歪头）最开始……

根　森　嗯?

近　杉　我最开始，是小时候做了彩色水。在奶油
　　　　布丁的小杯子里溶化了美术颜料。

根　森　唔……

近　杉　做了各种颜色的，我喜欢摆在一起慢慢
　　　　看。看着看着，就想喝一口试试。心里知
　　　　道不能喝。最好喝的，是黄色。其次是天
　　　　蓝。再次，是紫色。

根　森　红色呢?

近　杉　红的很难喝。另外，出乎我意料，茶色还
　　　　算不错。

根　森　巧克力味?

近　杉　（摇头）颜料味。

根　森　（堆起笑容）是这样啊，哈哈。你把那个
　　　　放下，收起来……

近　杉　看到父亲的导管时，我也想，啊，能打个
　　　　结。就开始想喝颜料水。父亲咳嗽了几
　　　　声。我，喝下了颜料水。等我喝完，父亲
　　　　已经没有了呼吸。换作是普通人，他们觉

得自己很可怕的时候，会怎么做？在车站台阶上看到婴儿车的时候，不害怕吗？在超市看到货品堆成整整齐齐的小山，不害怕吗？看到加油站时，不害怕吗？我今天开车时，看到小学生集体过人行横道去学校，我想喝颜料水。心里想着如果不踩刹车就这么冲过去一定会撞上。

根　森　但是你踩了……车停下来了，对吧。

近　杉　后面的车咣的一声追尾了。后面车上的阿姨看见我的鼻血，拼命向我道歉。是阿姨救了孩子们。如果没有她，我可能已经喝下了颜料水。

　　　　近杉一副想哭的表情。他拿起了打火机。

近　杉　我害怕。特别害怕。哥，我怕。我停不下手。阻止不了自己。

　　　　近杉向着根森，递出打火机。

　　　　　　　　　　　　　　　　然后，活下去

根　森　别，别。

近　杉　哥，杀了我吧。我又想喝颜料水了，杀了
我。

根　森　（摇头）

近杉逼近。

近　杉　杀了我。

根森后退。

根　森　（脸上泛起痉挛的微笑）我办不到。

近　杉　我害怕。

根　森　不行不行，我办不到。您说这种话，让我，
也很为难……对不起，请让开。

根森伸手去拿自己的皮包。

近　杉　哥。

　　　　　根森躲避着近杉，向门口走去。

根　森　实在对不起。都是我不好。对不住了啊。

　　　　多有打扰，我告辞了。

　　　　　根森点头哈腰，鞠着躬走出房间。

　　　　　剩下近杉一个人，无助呆立。

　　　　　他看着打火机，手在颤抖。

　　　　　害怕，做不到。

　　　　　走到墙边，关掉灯。

　　　　　昏暗微光下，近杉用打火机打火。

　　　　　一个火花飞起，却没点着。

　　　　　近杉再打一次。转动燧火轮。只冒出

　　　零星火花。

　　　　　打火机掉在地上。

　　　　　捡起来，再打。店内忽然灯光大亮。

　　　根森站在那里，他回来了。

根　森　你可真麻烦……

然后，活下去

根森走到近杉身旁，用力攥住近杉的手臂。

夺过近杉手里的打火机，扔到地上。然后捶打近杉胸口。

根　森　醒醒！

反复捶打。

根　森　喂！喂！你给我清醒点！哥哥来了，不要害怕，哥哥来了，你没事了。你要听哥哥的话。你只要听话，就会很安全。不害怕，已经好了，不用怕了……

根森猛烈咳嗽。

根　森　汽油味太呛了。

近杉想去捡打火机。

根森制止。

根　森　好了好了，你坐下，先坐下来。

　　　　根森扶着近杉坐好，自己也坐到对面。

根　森　能写字吗？如果能写，从今天起，就把你脑袋里的所有念头都写到笔记本上。如果你想喝颜料水了，就全部写成文章。把那些不能真的去做的事，给人添麻烦的事，自己控制不住自己的事，比如吃干裙带菜，全部写出来，倾吐到纸上，写成小说似的东西。我就是这么走过来的，你也能做到。

近　杉　（露出"真的吗"的表情，不敢相信地望着根森）

　　　　根森从皮包里掏出本子，粗暴地撕下几张纸，对折一下，展开，放在桌上。

然后，活下去

根　森　笔呢？

　　　　　根森拿起刚才的自动铅笔。

根　森　不能用这支。这是我的。（从皮包里掏出钢笔）这支笔送给你。

　　　　　根森把钢笔塞到近杉手上，让他拿好。

近　杉　（点点头，仿佛在说谢谢）

　　　　　根森用自动铅笔在纸上画一条线。

根　森　我跟你讲，你越想自由自在地写，越写不出来。要想写清楚一件事，最重要的，是知道在哪里画线。

近　杉　唔。

　　　　　根森用自动铅笔画下记号。

根　森　一个故事，有开头、结尾、正中间。主人
　　　　公面对无数歧路，先要选自己的路。你想
　　　　象一下，现在你眼前有无数条路可走，你
　　　　选哪一条？要去哪里？你可以去任何地
　　　　方。

近　杉　唔。

根　森　不仅可以往前走，还可以向后走。写小
　　　　说，要写两件事。一，不能真的去做的事。
　　　　二，已经无可挽回、发生了的事。你举目
　　　　四望，满心痛悔，你可以在文字里重新来
　　　　过。你要把这些写下来。把你的梦、你的
　　　　回忆，都写进去。这就是创作故事。

近　杉　唔。

　　　　近杉困惑地歪着头，开始在根森为他
　　准备好的纸上写字。
　　　　马上出现了疑问，停住手，困惑地歪
　　头。

　　　　　　　　　　　　　　　　　　然后，活下去

根　森　不要紧。你写得不错，就这样，可以的。

近　杉　我写什么都行?

根　森　嗯。

近　杉　做什么都行?

根　森　嗯。把你想做的事都写下来就好。

近　杉　我懂了。

　　　　　　近杉又开始写。

根　森　嗯，就这样。要写! 写下去! 心病算什
　　　　么，人怎么会输给自己的心。对对对，就
　　　　这样，就像这样，很好……（现出微笑）
　　　　他就是故事的主人公?

近　杉　（微现笑容，点点头）嗯。

　　　　　　近杉在写。根森在旁守护。

　　　　　　房间里回响起笔尖擦过纸面的声音。

　　　　　　时间流过。

　　　　　　根森拿起近杉写好的一页纸，阅读，

建议几处稍做修改会更好。

近杉接过，继续写。

根森守在他身边，忽然察觉了什么。

他回头，看见电风扇在转，把墙上的宣传单吹得向上卷起。

根森站起来，关掉电风扇，贴好贴纸。

这时，传来手机的振动音。

根森拿起手机，确认了显示的来电人，面露惊讶。

回头，看到近杉集中精力正在书写。

根森走到沙发那边，接听电话。

根　森　（用和小孩说话的口吻）喂喂。嗯？爸爸还没睡。没关系的。嗯？什么，又吃了吐司？（发出笑声）啊？并不是总吃？好好，爸爸知道了。什么，你在找什么？啊？嗯，嗯，嗯……是这样啊，你帮爸爸找了啊……（声音微微哽咽）

根　森　嗯？嗯，嗯，嗯。没找到？这样啊。嗯，

　　　　　　　　　　　然后，活下去

好的，没关系的。你说什么呢，没事！爸爸不在意。你帮爸爸找了啊，嗯，嗯，嗯，谢谢你。嗯，嗯，啊？现在？嗯，现在啊……

根森回头，注视埋头书写的近杉。

根 森 爸爸现在啊，在当哥哥。对，爸爸有个弟弟。吓你一跳？嗯，嗯，（面露微笑）是真的。对吧？嗯，嗯，好的，好，下次再打电话，好，谢谢你。好，嗯，睡个好觉。嗯，好，再见，好的。

根森静静地等了一会儿，才挂断电话。

在原地静止片刻。

面露腼腆苦笑，歪歪头，收好手机，站起来，走向近杉。

刚才关掉的电扇又在转动。

根　森　（面露惊讶）……

　　　　刚才钉好的图钉掉落了，贴纸被风吹得向上翻卷。

　　　　根森凝视，忽然想到了什么。

根　森　……我明白了。

近　杉　（抬起头，一副"你说什么"的表情）

根　森　我明白了。他在呢。一直在这里，没有离开。

　　　　近杉看着电扇吹出的风，恍然大悟。

近　杉　啊……

根　森　对吧？在打招呼。

近　杉　啊。

根　森　没想到他在这里。

　　　　两人凝视着风吹。

　　　　对视，面露微笑。接着在桌前面对面

坐下，近杉继续写。根森拿过一张新写好的，阅读，点头。

近杉低头写。

时间流过。

根森站在近杉背后，时而小声地指点几下。

近杉一直在写。

时间流过。

窗外渐现黎明。

根森趴在桌上睡着了。

一直在写的近杉，放下钢笔。

把写好的一摞纸拿到眼前，通读。

困惑地歪头，"写成这样没关系吗？就这样吧"的表情。他虽然犹豫，依旧把纸张整理整齐，放到根森面前。

看着根森熟睡的脸，近杉站起身，离开。

仿佛又想到了什么，回头，环顾店内。

坚定地点头，"就这样吧"的表情。

近杉捡起扔在地板上的打火机，走出了门。

根森忽然醒来，睁开眼睛。

抬起头，四下搜寻近杉的身影，仿佛在说"他去哪儿了"。

忽然看到桌子上整齐摆放的一叠纸。

伸手拿起，阅读，翻到最后一页确认了一下，再次环顾店内。

根森站起身，不假思索，想走出门，又中途止步。

……

返回原处，在椅子上坐下。

拿起近杉的文章，开始阅读。

喃喃读出每一个字。

根　森　冰箱里的火腿肠臭了后的第三天。距离东京夏日乐园最近的一家旧加油站里……

5

　　夏日的一个早晨。电风扇在转，吹得贴纸向上翻卷。

　　便携汽油桶横倒在地板上。

　　宝居身穿加油站工作服，手里旋转着指尖陀螺，从楼梯上走下来。

宝　居　啊，我今天也要悠悠闲闲的。下了班，就去看地方特色商品展。

　　宝居跨过横倒在地的汽油桶，在椅子上坐下。

　　双脚架到另一张椅子上，懒洋洋地旋转指尖陀螺。

　　这时，不知从哪里传来桑巴舞曲的调子。

　　宝居诧异，四下查看。

近杉身穿桑巴舞衣，怀抱洗衣篮走进来。篮里放着大量洗好的毛巾和播放着桑巴舞曲的小收音机。

近杉踩着舞点走路，一脚踢飞汽油桶。

返回，再踢一次。

近　杉　（摆姿势）Ole！

关掉收音机，开始叠毛巾。

近　杉　这种新毛巾，都洗了三遍了，为什么不吸水呢……"连新毛巾都不吸水了"，你听，像不像 Aiko 的歌词。这世上不会有防水毛巾吧。都防水了还怎么当毛巾，就跟一下雨就湿透的雨伞似的。

宝　居　店长，你一个人在嘟囔什么？

近　杉　算了，扔了吧。

近杉不假思索地把洗好的毛巾扔得到

　　　　　　　　　　　　　　　然后，活下去

处都是。

宝　居　店长，你这么做合适吗？

近　杉　不好意思，我刚才交代给你活儿了吧？

宝　居　（不耐烦地长出一口气）好吧。

　　　　宝居站起身，把两个颜色不同的汽油
桶并列放好，拧开盖子，插进吸油手泵，
捏动气囊，把一个桶里的汽油移进另一个
桶里。

　　　　吸油管上似乎有洞，一股汽油咻地飞
出很远。

　　　　宝居先是停住手，看了一下，继续捏
动气囊，一股汽油咻地飞了出去。

　　　　近杉走过来。

近　杉　这种"咻"，我也会。

宝　居　哈？

　　　　近杉背过身，拉下裤子拉链。

一股小便蹿出来，咻，划着弧线高高
飞起。

宝　居　哇，好厉害！

近　杉　是不是一样？都是"咻"。一样吧？

宝居不甘落后，继续捏动气囊，让汽
油高高飞起，与小便比高。

之后，两人一起鼓掌欢笑。

宝　居　店长，不要再干这些蠢事了。

近　杉　（"嘿嘿嘿嘿"地微笑）

宝居坐回椅子，双脚架在另一张椅子
上，开始旋转指尖陀螺。

宝　居　我已经想好了，今天要悠悠闲闲地待着。

今年我要逛遍各种地方特色商品展。

近　杉　还没到关门时间呢，还会有客人上门的。

宝　居　（露出"这人真扫兴"的表情，改小声说）

客人来了我自然会去干活，还用你说。

近杉走向宝居。

近　杉　还有，你手上那个东西特别碍眼，烦死
　　　　了，请你别转了。

宝　居　啊？好的，没问题。（收起指尖陀螺）

近　杉　谢谢。肚子有点儿饿了。

近杉打开冰箱找吃的，发现一袋小杯
果冻。他拿起一小杯，揭掉封盖，正要放
进嘴里。

宝　居　店长，那不是给人吃的果冻，是喂天牛
　　　　的。

近　杉　天牛。哦，哦？是饲料？

宝　居　人吃了要坏肚子的。

近　杉　真的吗？这么厉害啊。我先吃一个。

近杉开始吃果冻。

宝　居　哇——

近　杉　好吃，特好吃！特好吃！

　　　　　　近杉打开一个又一个果冻，贪婪地吃掉。

　　　　　　随手把空杯扔在地板上。

宝　居　不会吧……（尝了一点儿）好吃，特别好吃。没想到，那帮天牛一直在吃这么美味的东西。

近　杉　对吧？

　　　　　　二人吃着果冻，空杯随手乱扔。

　　　　　　这时，门口出现人影，是穿着咖啡馆女招待漂亮制服的示野。

近　杉　欢迎光临……

　　　　　　不知为什么，近杉忽然有点儿紧张，

　　　　　　　　　　　　　　　　　然后，活下去

摘下桑巴舞衣的帽子，去掉身上的装饰，
戴好加油站工作帽。

近　杉　好的。（示意外面的加油区）

示　野　不是的。

近　杉　啊？（不解地来回指室外、室内、室外）

示　野　啊，不是不是不是。

近　杉　那您？

示　野　我是前面不远的咖啡馆的工作人员。

近　杉　啊，噢。

示　野　（看看脚下）地板湿了。

宝　居　哦，那是……

近　杉　没事，不用介意。

示　野　啊。

示野走出门外。

近　杉　怎么走了？

宝　居　她很漂亮啊，店长你去约她一下嘛。

近　杉　不不，这……（羞涩，不知手脚往哪儿放）

示野返回，身后跟着根森。

近杉和根森视线合到一起。

两人都预感将要发生什么，互相点头致意。

示　野　这位先生找不到你们这里，所以我带他过来了。

近　杉　哦。

根　森　（面向示野）多谢。

示野似乎不放心，稍微退后，静候事态发展。

根　森　（向近杉点头致意）哦，我，我是根森。

近　杉　根森先生。

根　森　你好。请问，这里，这里有一位，名叫近杉祐太郎的先生吗？

近　杉　我就是。

根　森　哦，是你啊，哦，近杉君。

然后，活下去

近　杉　你好。

根　森　就是你啊。

　　　　　两人都预感将要发生什么，对视。

近　杉　请坐。

根　森　好，那我就不客气了。

近　杉　我去倒茶……

　　　　　近杉正要进小厨房，宝居从厨房走
　　　　　出，用托盘端来大麦茶和点心。

宝　居　冰镇好的大麦茶。

近　杉　谢谢你。

　　　　　近杉把茶水摆到根森面前。

根　森　不好意思，让你这么麻烦。

近　杉　这是本地的小点心，若不嫌弃……

根　森　（拿起一个）这是玛德莲吧。

近 杉　是。

根 森　我非常喜欢吃。

近 杉　那太好了。

　　　　近杉坐到根森对面。

　　　　宝居向示野招招手，两人站在柜台
　　　边，喝着大麦茶，守护着近杉和根森。

根 森　那我就不客气了。（喝大麦茶）

近 杉　（举杯示意，喝大麦茶）

根 森　是这样的，我有一个儿子。他从我的工作
　　　间里找到了这个。

　　　　根森从胸前衣袋里拿出一张明信片。

根 森　一张明信片。

近 杉　啊……

根 森　你有印象吗?

近 杉　有……

根 森　上面有这里的地址，你的名字，还有一句

然后，活下去

话，邀请我过来玩。

近　杉　是的，对不起……

根　森　所以我过来玩了。

近　杉　啊，啊，好吧……

根　森　初次见面，我是你哥。

近　杉　嗯。初次见面，我是你弟弟。

根　森　听说父亲住院了。我想，你一直照看父
　　　　亲，一定非常辛苦……

　　　　　　根森看向窗外。

根　森　看样子，今天也会很热。

近　杉　嗯。

根　森　如果可以，能带我去医院看望病人吗？

近　杉　（点头）太好了，欢迎你去。

根　森　嗯。（行礼致意）

近　杉　父亲也会很高兴。

根　森　我来得实在太晚了。

近　杉　（摇头）没关系，我一直在等你。

写在最后

我父亲过去经营过一家制造汽车框架的小工厂，可是有一天，他突然停下了工厂的工作运转，和全体员工一起制作起了宣传标语牌。他们分头组装、焊接铁板和支柱，还有人负责刷漆，做出大量可以挂置在墙上的宣传标语牌。深夜，父亲和员工们把这些东西装到丰田海狮面包车上出发了。那时我八岁，我家就在小工厂的二层，隔着窗户，我目送他们驾车离开。

第二天早晨，估计父亲他们的工作差不多做完了，我去家附近四处走走看看，发现以我家为中心、半径三百米的一大片区域内，随处可以看到父亲他们新安装的宣传牌。

就是说，一夜之间，大街小巷里忽然冒出了数量多得吓人的宣传牌。

所有的宣传牌上，都画着小孩子被汽车撞倒、鲜血横流的图画，旁边非常夸张地写着口号："小心驾驶！""减速！""此处多行人！"

父亲的生计与汽车有关，他却如此大声地控诉汽车的危险性，这么做是有原因的。就在一星期前，我弟弟被汽车撞倒，住进了医院。

我记得弟弟那时不是三岁，就是四岁。我们兄弟相差五岁。这个年龄差很微妙，很难玩到一起去，与其说我们是在一起玩，不如说我得照看他。很遗憾，我不是一个耐心的好哥哥。我几乎不记得我们小时候一起开心地玩过什么，想来弟弟也有同感吧。

那一天，我正准备带同学去我家附近的神社，弟弟和往常一样想跟着我。我把他赶开，不许他跟来，然后就飞快地跑出了家。去神社必经一条双车道的路，我和同学刚刚过了马路，就听见背后响起弟弟的声音："哥哥！"他也跑着追过来了。我恨恨地想：都叫你不要跟来了！就一刹那，"咚"的一声，从左边开来的车把弟弟撞到了半空中。我只记得他小小的身体令人震惊地冲向高空。我当时还想：哇，弟弟在飞！之后就不记得了。再后来，父亲就做了宣传牌。

然后，活下去

父亲和弟弟都没再提起这件事。父亲只制作了宣传牌，没有狠狠骂过我。那之后，弟弟照样喜欢黏着我。

　　现在我们不住在一起了，见面时也只说些家常话。当然，我对弟弟有愧疚，也让父亲担心了。但在我心里，我最对不起的，不是父亲和弟弟。我想给附近居民深深鞠躬：对不起，都是我不好，才让大家清早一起床，就在大街小巷里看见无数宣传牌，牌上的小孩脑袋流血不止，嘴里大量喷血，四肢仿佛快被拧断了。对他们来说，那一定是个噩梦般的清晨。我写东西时下笔一贯高压，描写起来没有分寸。在这方面，我像我父亲。

坂元裕二

一个故事，

有开头、结尾、正中间。

主人公面对无数歧路，

先要选自己的路。

le:

活下去

Drama Title:

然后，活下